eye

守望者

——

到灯塔去

The Magic Toyshop

魔幻玩具铺

Angela Carter

[英] 安吉拉·卡特 著　　严韵 译

南京大学出版社

Sally go round the stars,
Sally go round the moon,
Sally go round the chimney pot
On a Sunday afternoon.
Wheeeeeeee!

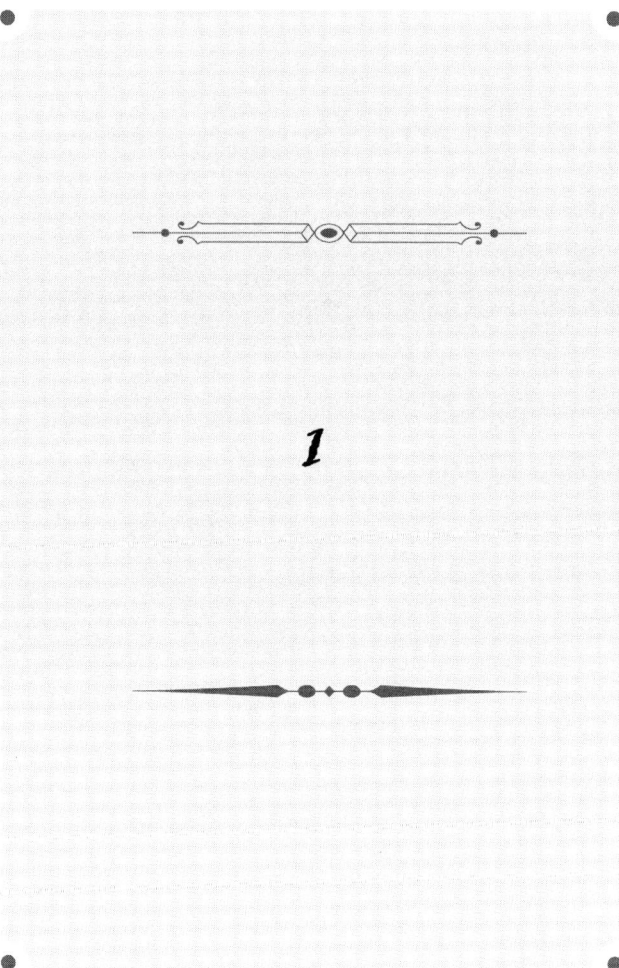

十五岁那年夏天,梅勒妮发现自己的身子是肉做的。哦,我的美洲,我的新大陆。她着迷地展开探索全身上下的旅程,翻越自己的山脉,深入自己潮湿富饶的秘密幽谷,俨然科尔特斯、达·迦马或蒙哥·帕克[1]。她裸身站在衣橱镜子前看自己,一看就是好几个小时。她伸出手指沿着肋骨的优雅结构滑过,感觉心脏在肉体内扑腾跳动仿佛蒙在毯下的鸟,接着手指从胸骨往下画一条长线到肚脐(那是个神秘的山洞或岩窟),再用掌心摩挲自己有如初生翅膀的肩胛骨。然后她扭动身子笑起来,环抱自己,有时会兴奋激动得来个侧手翻或者倒立,她不再是小女孩了,这是多么丰美的惊喜。

---

[1] 科尔特斯(Cortes,1485—1547),西班牙探险家,侵犯并消灭阿兹特克帝国。达·伽马(da Gama,约1469—1524),葡萄牙航海探险家,第一个由海路抵达印度的欧洲人。蒙哥·帕克(Mungo Park,1771—1806),苏格兰探险家,曾往非洲探勘尼日河及今之赞比亚一带。本书脚注若无特殊说明,皆为译者注。

她也会拿道具摆出各种姿势。前拉斐尔派画风：她将自己的黑色长发中分梳顺披散下来，手持一朵花园里摘来的虎斑百合搭在下巴，双膝并拢，以若有所思的眼神注视自己。土鲁斯·罗特列克画风：她让头发淫荡地披散在脸上，坐在椅子上叉开双腿，脚旁放着一盆水和一条毛巾。为罗特列克摆姿势时她总感觉自己格外邪气，尽管她幻想活在罗特列克那个时代（她是唱诗班女孩或者模特儿，住在巴黎一处阁楼，用面包屑喂窗前的麻雀），幻想自己帮助他、爱他，因为她同情他，因为他是侏儒又是天才。

要扮成提香或雷诺阿的画中人，她嫌自己太瘦，但她倒是用蕾丝窗帘包着头，颈间戴上行坚信礼时大人送她的那串人造珍珠项链，仿照克拉纳赫[1]画风扮了个苍白、自满的维纳斯。读过《查泰莱夫人的情人》，她就偷偷去摘勿忘我插在阴毛上。

她还将蕾丝窗帘当成各式各样的睡袍，设想自己在

---

[1] 克拉纳赫（Cranach，1472—1553），文艺复兴时期的画家，尤擅肖像画及女性裸体画。

新婚之夜的穿着。她把自己包得像份礼物,等待不存在的新郎在未来时空的浴室里洗好澡、刷好牙,共度两人在戛纳或威尼斯或迈阿密海滩的蜜月。她将新郎想象得如此活灵活现,几乎能感觉到他的呼吸穿越时空吹在她脸颊上,听见他磁性的声音低唤她"亲爱的"。

为了准备迎接他,她露出一整条白如大理石的长腿(结果镜子映出的肌肉牵动让她看得入神,忘了幻想,只顾一再伸缩那条腿);然后她拉紧窗帘,检视裹在窗帘下那对坚实小乳房的形状。乳房太小令她失望,不过她想也只能这样了。

这一切都是在她那淡彩色调、天真无邪的卧房里锁着门进行的,枕头上的爱德华熊(鼓鼓的熊肚里塞着条纹睡衣)睁着晶亮圆眼,看着她,《洛娜·杜恩》[1]面朝下摊在床底的尘埃里。梅勒妮就是这样度过十五岁的夏天,此外便是帮忙洗碗,看着小妹妹以免她在花园玩时发生什么致命意外。

---

1 《洛娜·杜恩》(*Lorna Doone*,英国作家理查德·多德里奇·布莱克默[Richard Doddridge Blackmore,1825—1900])最著名的历史小说。

朗德尔太太以为梅勒妮在房里读书,说她该多出门走走,否则会消瘦憔悴。梅勒妮说她替朗德尔太太跑腿办事时呼吸的新鲜空气已经够多了,而且她读书都开着窗。朗德尔太太听到这话也就满意了,没再多说。

朗德尔太太又肥又老又丑,而且从没结过婚,只在五十岁生日那天签了单边契据[1]改变自己的称谓,当作送自己的礼物。她觉得女人年纪大了叫"太太"比较有尊严,再说她一直都想结婚。人老了,记忆和想象会混为一谈,朗德尔太太已逐渐分不清这两者。有时候,在孩子们都已上床、她可以一个人喘口气的空档,她会坐在炉火旁温暖的椅子上,做梦般编造她从不曾有过的那个丈夫的种种习惯行为,直到他的脸隐约出现在她就寝前那杯热茶的热气中,而她熟稔地向他打着招呼。

她有好几颗长毛的痣,一口巨大的假牙,讲话语调带着遥远过时的老式庄重,像以贵族高官为题材的闹剧中的公爵夫人。她是管家,养了只猫,在这家里待得非

---

[1] 单边契据(deed poll),仅由单方面签立,更改自己的姓名或授权代理人等的法律文件。

常自在。她照看梅勒妮、乔纳森和维多利亚,因为他们爸妈在美国。妈妈是去陪爸爸的,爸爸是去巡回演讲的。

"熏回演讲!"五岁的维多利亚呱叫着,用汤匙敲打桌子。

"亲爱的,把你的面包布丁吃完。"朗德尔太太说。朗德尔太太掌厨的三餐有很多面包布丁,有的普通有的花哨,有时加有时不加红醋栗或无籽葡萄干,或者两者皆有或皆无;她用柑橘果酱、枣子、无花果、黑醋栗果酱和糖煮苹果,将普通的面包布丁变出各种花样,本领非凡。有时候则放冷了吃,当作茶点。

梅勒妮吃面包布丁吃到怕,怕万一吃太多会变肥没人爱,到死还是个处女。梅勒妮常梦见自己体形惊人、被面包布丁撑得像溺死尸体般浮肿,吓得满身大汗醒来。她拿汤匙将盘中那要命的面包布丁挪来移去,趁朗德尔太太转过庞大的身躯时,狡猾地把自己那份大半扫到乔纳森的盘子里。乔纳森照吃不误,他吃东西时大多完全心不在焉。

乔纳森吃起东西来像一股盲目的自然力量,清除一堆堆食物就像坦克开进屋墙。他吃到没东西可吃,然后停止,把刀叉或匙叉并拢放好,用手帕擦擦嘴,离开饭桌去做他的模型船。梅勒妮十五岁那年夏天,乔纳森十二岁,沉迷于制作模型船。

他个头小,狮子鼻,浅色金发,穿灰色法兰绒长裤,戴学校的帽子,膝盖上总是有结了痂、就快剥落的伤口。他用一盒盒零件做模型船,仔仔细细上漆、组合、装妥船帆索具,然后把船放在架子上、壁炉上,满屋子楼上楼下都是船,这样他走过时就可以盯着它们看。他只做帆船的模型。

他做了三桅帆船皇家海军"小猎犬"号的模型,还有皇家海军"丰盛"号、"胜利"号和"塞莫皮莱"号。那年夏天,他双手总是黏黏的沾着胶,眼神遥远,仿佛看见的不是现实世界,而是碧蓝大海和长着椰子树的岛屿,他制作完成的船永远都在那一隅想象海域航行。乔纳森的心思就像传说中永不得靠岸的幽灵船,顶着天鹅展翅般的船帆漫游在陌生大海,脚下踩着左摇右晃、浸透咸咸海水的甲板,从不曾踏在陆地上。他走起路来隐约可瞧出有种随海浪摇摆的节奏,但从来没人注意到。

也从没人注意,乔纳森对众人视而不见,是因为瓶底般的厚重圆镜片挡住了他的眼睛。对于这个世界的事物,他近视得厉害。他那副眼镜、那顶学校的帽子和膝盖上的痂,让人立刻联想到小侦探诺曼·邦斯和亨利·邦斯兄弟。爸妈就被这种外貌误导,给他买了一大堆比格斯[1]的书,他翻都没翻过,全放在书架上积灰尘。

夏初,梅勒妮从乔纳森房里偷了六本他完全没翻过的比格斯,花了微不足道的车资偷偷带到某镇卖给二手书店,好拿这笔钱买一副假睫毛。但她试着戴上假睫毛时却痛得流眼泪,而且假睫毛不肯乖乖就位,总是穿过她指间掉在梳妆台上,像自有恶意主张的坏心毛毛虫,无声指控她——"小偷!小偷!"它反抗她,是她罪恶的果报。梅勒妮很内疚,便在鲜少使用的卧房壁炉里把它烧了。那副假睫毛没法戴,原因在她看来很明显:因为它是用偷来的东西换钱买的。那年夏天,她的罪恶感已经很发达了。

---

[1] 比格斯(Biggles),一套知名青少年读物的英雄主角——不过他是飞行员,显然不合乔纳森的胃口。

维多利亚没有罪恶感,她什么感都没有。她是只圆胖的、咕咕叫的金色鸽子,在阳光下打滚,抓到蝴蝶就将它们撕成碎片。维多利亚就像原野上的百合花,既不劳动也不纺织,又不漂亮。[1] 朗德尔太太唱老歌给她听,唱着:港口灯光告诉我,你将要离去,而玫瑰绽放在皮卡迪,但没有一朵玫瑰比得上你。维多利亚坐在朗德尔太太膝头咯咯笑,伸出胖胖的拳头去抓猫。那是只跩兮兮的痴肥公猫,坐着时,大小和形状都像长了毛的圆形茶几。也许朗德尔太太都喂它吃剩下的面包布丁。

猫坐在朗德尔太太的室内拖鞋上(拖鞋是黄毛毡加红绒球),朗德尔太太边对维多利亚唱歌,边打毛线。

"你在打什么?"维多利亚问。

"开襟羊毛衫。"

"开襟痒毛衫。"维多利亚满意地把字念错。

"为什么是黑色的,朗德尔太太?"梅勒妮问。夏日炎炎,她赤脚走来开冰箱,要倒杯加冰块的柳橙汁。

"到了我这把年纪,"朗德尔太太叹口气说,"总会有

---

[1] 典出《圣经·马太福音》六章二十八节。

谁死了,需要穿黑的。就算眼前还没有,也是迟早的事,只会早不会迟。"迟字的音拉得非常长,仿佛被蒸汽压路机压平。"亲爱的,你光脚踩在石板地上,会冻死的。"

冰块在梅勒妮手中打了个寒战。

"你有很多认识的人死掉了吗?"她问。

"够多了。"朗德尔太太说着开始收针。

"我无法想象死这件事。"梅勒妮缓缓说道,揣摩着最能达意的字词。

"在你这个年纪,这么想很自然。"

"唱呀!"维多利亚下令,棒棒糖似的双手拍打朗德尔太太黑丝裙下的膝盖。朗德尔太太顺从地放声唱起来。

梅勒妮把死想成类似地窖的房间,人死了就被锁在里面,没有半点光亮。

"我死之前会发生什么事?"她想。"嗯,我会先长大。然后结婚。我希望我会结婚。哦,要是没结成婚多糟糕啊。真希望我已经四十岁,已经经历过一切,也知道接下来会发生什么事。"

她将雏菊插在长发上,看着镜中的自己,仿佛已经长大成人,看着相簿里的一张照片。"十五岁的我。"接着是她的小时候穿女童军制服和打扮成印第安人的照片,家里养的狗,还有未来的夏季度假光景。水桶和铲子。鞋子里进的沙。托尔坎吗?会是在托尔坎吗?还是伯恩茅斯(中国饭店)?清新宜人的斯卡伯勒?而永远不会是,比方说,威尼斯?还有家里养的那些狗,会是约克夏梗犬、柯基犬,还是鼻子尖长如鹰的高贵阿富汗猎犬或一对拴着金链的白色灵缇犬?

她对那个头上戴花、一双棕色大眼睛的女孩说:"我绝对不要普通的。不要。精美,一定要精美。"她指的是自己的未来。一朵雏菊从她发间落在地上,仿佛是来自上天的讯息,带着些许的嘲笑之意。

此时此刻,他们住在乡间,屋子相当大,每人一间卧房之外还有好几间空着的房间。田里一匹薛特兰矮种马,梅勒妮窗外一棵苹果树,她躺在床上便能看见瘦巴巴的枝丫挽着月亮。她的床是单人沙发床,有邓禄普[1]床垫和裹着布的白色床头板,铺着条纹床单。

---

[1] 英国著名寝具厂牌。

屋子是红砖建筑,有爱德华式山墙,独自伫立在一两英亩自家土地上,闻起来有薰衣草家具亮光剂和金钱的味道。梅勒妮从小在金钱的味道中长大,察觉不出自己呼吸的空气里全是这味道,但她知道自己很幸运,能拥有银发刷、自己的半导体收音机,还有一套令人满意的、质地挺括的生丝外套配裙子,是她母亲的裁缝做的,专供她星期天穿去教堂。

父亲喜欢他们星期天通通上教堂去。有时候他会在家念日课。他生在萨尔福德,现在再也不需要想到那地方了,乐于稍微扮演一下乡绅的角色。那年夏天,他们跟着虔诚的朗德尔太太上教堂。朗德尔太太自己有一本鼓鼓的黑色祈祷书,拿起来时一不小心,就会纷纷掉出陈年的干燥压花或者蕨叶。维多利亚坐在教堂一排排座椅间的地板上,一边随手扑抓朗德尔太太祈祷书间飘落的干枯植物,一边咕咕叫。有时候她会叫得挺大声。

"维多利亚是不是智障?"梅勒妮纳闷。"我会不会得留在家帮妈妈照顾她,永远没有自己的人生?"

她想象维多利亚如同罗彻斯特太太[1],是个藏在后屋的可怕秘密,一脸空洞微笑地玩着小孩积木、简单的盖房子玩具和木片拼图,把那张难看的娃娃脸凑在栏杆上,对着惊吓的客人咕咕叫。

乔纳森最喜欢的赞美诗是"永恒之父,以你的强大拯救我们"[2]。牧师是个爱钓鱼的苍白男人,也爱开些"得人如得鱼"[3]的乏味玩笑。牧师答应他们父亲要照看这些孩子,每当他来访,乔纳森就会死命抓着牧师袍下摆的褶边,要求他下星期天唱"永恒之父,以你的强大拯救我们"。

"再看吧。"牧师会说,被乔纳森镜片后的热切的眼光瞪得十分不自在。

到了星期天,从吃早餐到穿上最体面的服装准备出门的这整段时间,乔纳森都微微颤抖,充满强力压抑的期待。但选唱的赞美诗通常不是那一首。一看到墙上

---

1 《简·爱》中男主角发狂的妻子,被藏在家中不为人知的一角。
2 此赞美诗的内容是祈求天主以其伟大力量平息海上的狂风暴雨。
3 典出《圣经·马可福音》一章十六至十七节:"耶稣顺着加利利的海边走,看见西门,和西门的兄弟安得烈,在海里撒网。他们本是打鱼的。耶稣对他们说:来跟从我,我要叫你们得人如得鱼一样。"

木板贴出的诗歌编号,他的希望就破灭了。然后他便爬上运茶的快速帆船"卡提沙克"号或者皇家海军"丰盛"号,随着清风扬帆出航,航向蓝蓝大海,心中满怀伤痛。牧师背叛了他,用鱼叉在背后捅他,把他架到后桅杆顶上,让他整天赤身裸体地挂在那里——在热带的漫长白昼,像出水的锚那么吊着。

梅勒妮祈祷:"求你,上帝,让我结婚。或者,让我跟人做爱。"她十三岁就放弃相信上帝了,某天早晨一觉醒来,就觉得它不在那里。她上教堂是为了让父亲高兴,要祈求什么的时候,她不只跪下祈祷,还会用许愿骨。朗德尔太太的祈祷很令人诧异:"求你,上帝,让我记得我结过婚,仿佛我真的结过。"因为她知道自己不能靠单边契据唬过上帝。"或者至少,"她继续祈祷道,"让我记得自己曾经做过爱。"只不过她的用词比较婉转。做礼拜时,朗德尔太太不时分心,想着家中烤箱里的烤牛肉和马铃薯不知怎么样了,但回过神来总会向上帝道歉。

乔纳森和维多利亚都不祈祷,因为没有任何要祈求的事。维多利亚把跪着祈祷用的膝垫花边揪下来,吃进嘴里。

梅勒妮十五岁,长得美,却不曾跟男生约过会。而,比方说,朱丽叶十四岁就结婚殉情了。梅勒妮觉得自己要老了。她双手捧着自己赤裸的乳房,粉红乳头像白兔不停颤动的鼻头,心想:"我身体八成已经发育到了巅峰,从现在开始只能走下坡,或者,只能成熟了。"但她不愿意去想自己现在可能还未臻完美。

一天夜里,梅勒妮睡不着。时至夏末,红肿的月亮在苹果树上朝她眨眼,害她一直醒着。床好热。她觉得痒。她翻身,扭动,捶枕头。清醒的感觉像细针刺着皮肤,她神经敏感不已,仿佛有一百把刀叽叽嘎嘎刮过一百只盘子的声音刺激着她。最后她受不了了,终于起床。

屋里飘浮着浓重睡意,但梅勒妮清醒得很。在其他人睡着时,四处走动,让她有种奇异的兴奋感。她想象沉睡的另外三人的嘴巴里冒出一排 z……zzzzz……像蜜蜂在屋里半梦半醒,嗡嗡飞绕。她晃进空着的父母卧室,床下的鞋耐心等待她母亲的脚回来穿,床头柜上一个烟草空罐渴望她父亲回来把它丢掉。房里光线完全来自月亮。月光中,盖在宽大矮床上的白色针钩床罩散发暖暖的光晕。这是她父母睡觉的床,舒适豪华,一如电影明星所用。

梅勒妮靠在藤条床架上,想象着父母做爱的情景。在这么炎热的夜晚,想这种事,似乎非常大胆。她努力想象他们在这张床上相拥,但母亲身上似乎总少不了那套进城穿的黑套装,爸爸则老穿着那件袖肘缝有皮补丁的毛扎扎的粗呢外套,这外套再加上烟斗就是他的注册商标。两人做爱时那烟斗也会插在他胸前口袋里。梅勒妮想象着,但想不出父母赤裸的模样,在她脑海里,他们的衣服似乎也是身体的一部分,就像头发或指甲。

她母亲尤其衣着整齐,全身上下都包得好好的,不管天气如何,永远穿着长袜,永远戴着手套和帽子,随时准备出门。一顶棕色宽边黑缎带的天鹅绒帽从一旁升起,自动叠映在梅勒妮想象母亲做爱的模样上。梅勒妮记得,小时候母亲和她亲亲抱抱时总是隔了一层厚钝布料——羊毛、棉布或麻布,视季节而定。母亲一定生下来就穿着衣服,穿的或许是一袭优雅合身的胎膜,挑选自时尚杂志特别报道的《今年的胎儿流行时尚》。爸爸呢——爸爸永远是那个样子,粗呢和烟草,除了粗呢和烟草,就是打字机色带,他是这些元素组成的。

壁炉上方挂着父母的结婚照,月光中,壁炉架上熟悉的东西都显得珍稀奇特。比方说那座为她父母报时的镶金法国钟,停在他们启程赴美隔天的 2:55,没人费神再给它上发条。时钟旁是一只墨西哥陶鸭,一副鲜艳快活的呆相,蓝背上点缀黄花,是母亲在周日报纸彩色增刊上看到照片后买下的。梅勒妮朝壁炉架走去,将陶鸭拿起又放下,抬眼看向结婚照片。

结婚那天,母亲仿佛在衣着这件事上豁然顿悟。她的打扮是那么华丽铺张、那么全心全意,蓬飞的裙摆几乎把梅勒妮的父亲完全遮住。照片中只见他害羞的微笑被飘扬的白纱掩映得朦朦胧胧,梅勒妮看不出他是否如她猜想的那样,连大喜之日也穿着那件袖肘缝缀皮补丁、根本脱不掉的粗呢夹克。但母亲完全绽放成一团缤纷灿烂的绸缎蕾丝烟火,盛装得有如要赴中古时代的宴会。

她的白色绸缎礼服领口开得很低,露出颈间的信物链坠,蓬大袖子宽得像天鹅翅膀,纤细腰身下拖垂着长长的白色后摆,照片中后摆拉到身前绕住她,仿佛礼服自身的一池映影。一圈人造玫瑰花冠低低戴在她前额，白纱如泉水，自花冠披洒而下，奔流过腰。她怀抱一束白玫瑰，像抱着婴孩，脸上的笑容多愁善感、欣喜若狂、年轻又感人。

她身旁围满亲戚——自从爸爸出了那本畅销小说，然后是那本畅销传记，然后又改编成畅销电影等之后，他们就不常见到这些亲戚了。葛楚德姑姑，头发烫得太死板，鞋子太紧挤得脚痛，抓着一只亮面人造皮手提包，像一袋一周份打包好的杂货。梅勒妮记得葛楚德姑姑的亲吻带着"紫罗兰灰烬"爽身粉的味道，这记忆来自少数几次合家团聚的圣诞节聚会，在祖父（他朝照相机镜头怒目而视，仿佛镜头会吃掉他的灵魂）还在世的时候。再见了，祖父。再见了，葛楚德姑姑。再见了，抹着发蜡的哈利伯父和他挽着的罗丝伯母。罗丝伯母涂着腮红，两片圆圆腮红照出来成了黑色，使她看起来像是家人为求好运而找来一起照相的扫烟囱工人。再见了，菲力普舅舅。

大家都对镜头微笑，但菲力普舅舅没有笑，看起来好像是从另一个团体不小心混进来的，比如麋鹿家族的严肃聚会,或者历史悠久备受敬重的水牛会,甚或美国内战退伍军人的聚会。他戴着平顶卷边黑帽,就像西部电影里密西西比赌徒戴的那种,一条黑色细领带打成一个夸张领结,西装也是黑色,裤子很紧,外套很长。但这身打扮整体给人的印象并非优雅。黑帽下,他的头发看起来像白色,或至少是非常淡的金色,唇上一蓬浓密胡子遮住了嘴。他的年龄完全无从猜起,但看来似乎是年长而非年轻。他个子高,不肥不瘦,双手交叠身前紧握一根黑木手杖的银杖头,脸上表情一片空白,空白得甚至称不上无聊。他是母亲唯一的兄弟,唯一仍在世的亲人,其他亲戚全都是父亲的家人。而在妹妹的婚礼上,他连笑都不肯笑一个,这样似乎很悭吝无礼。

梅勒妮从没见过菲力普舅舅。她还小的时候,他曾寄来一个玩偶盒,一打开便蹦出一个丑怪狞笑的玩偶人头,那张脸是照着她的模样故意扭曲画成的。那年,她父母寄了一张自家印制的圣诞卡给他,卡片上是夫妻俩和梅勒妮(乔纳森还没出生),微笑地坐在新买的那栋小屋窗边。那栋屋子几乎就在切尔西[1],当时她父亲已经逐渐开始名利双收。结果菲力普舅舅的回礼是这么一个可怕的玩具,真的吓坏了梅勒妮,害她噩梦一直做到新年过后,甚至到复活节都还会断断续续地做噩梦。母亲把玩偶盒扔了,夫妻俩都认为那是一份有欠考虑且品味很差的礼物,之后便不曾再寄卡片给菲力普舅舅,本来就很稀少的联系从此断绝。

照片是可以拿在手里的一段段时光,而这张就是她母亲最幸福最美丽的一段。面带微笑的年轻母亲仿佛被相机一镜穿心,永远钉在玻璃下,有如展示柜里的蝴蝶。梅勒妮看着照片,心想菲力普舅舅跟母亲这段快乐时光格格不入,就像相互冲突的色彩,或者该说是一片根本没有色彩的空白。他处在一段与之大相径庭的时间,仿佛在前往婚宴途中碰上一名老水手,就此被抛射到一处白玫瑰和五彩碎纸再也不重要的时空。

"哦,"梅勒妮心想,"我想我是永远不会见到他的。"

她仔细研究起那件新娘礼服。这么盛装打扮只为

---

[1] 伦敦的高级住宅区。

失去童贞,似乎很奇怪。她想,不知父母婚前有没有做过爱。她感觉自己真的已经长大了,居然会开始猜测这一点。爸爸虽然有那些家人,但年轻时应该带点波西米亚人的味道,何况他又一个人住一间公寓。在布卢姆斯伯里一间起居室兼卧室的公寓,圆形轻便煤气炉上煮着咖啡,对自由恋爱、劳伦斯、黑暗的神祇等话题大发议论。当时他是否已将他那微笑的新娘献祭给黑暗的神祇?如果是,她——也就是梅勒妮的母亲——还会微笑吗?还会穿上象征童贞的洁白婚纱吗?那梅勒妮偷偷向朗德尔太太"借"来的那些妇女杂志里的读者来信又是怎么回事呢?

"我男朋友说,除非我让他贯彻爱的举动,否则就要跟我分手,但我想忠诚地穿上白纱结婚。"

充满象征意义和纯洁美德的白。白绸缎很容易显出污渍,白纱被手指一碰就会扁塌,白玫瑰吹一口气花瓣就会纷纷掉落。美德是脆弱的。那是件精美绝伦的新娘礼服。一时间梅勒妮纳闷,母亲新婚之夜是否也穿着它?

她母亲是个重感情的女人。一口贴满写着外国地名的褪色贴纸、盖着一幅漂亮印度刺绣的箱子里,就珍藏着那件新娘礼服,并用蓝色薄纸包好以防白绸缎变色。她留着它做什么?要穿它进棺材或上天堂吗?但天堂没有婚姻,也没有婚姻里的敦伦之礼。

月光下,梅勒妮蹙着眉,身上那套普通的条纹睡衣在这年夏天已经变得太小,睡裤只及她小腿一半。她把玩母亲梳妆台上的几只香水瓶。梳妆台上有插戒指的瓷架(但那些戒指全戴在母亲手上,在美国参观帝国大厦、大峡谷和迪士尼乐园),还有同为一套的放别针的瓷盘,盘里有两根别针和一枚破损的衬衫纽扣。相框里有一张维多利亚抱着毛茸茸玩具狗的照片,玩具狗显然是照相馆的道具,维多利亚也显然正在考虑把它扯烂。梅勒妮想,这种照片只有做母亲的才会觉得可爱,同时纳闷,如果她自己的小孩不可爱,不知她会不会也对他们的不可爱之处视而不见。她心不在焉沾几滴过期的香奈儿香水点在耳后,刹那间闻起来完全是母亲的味道,她不觉朝镜子瞥了一眼,以确定自己还是梅勒妮。

她脸上充满月光的癫狂,头发为了睡觉方便高高梳卷起来。她解开头发披散在背上,试着弄成各种样式:

披在脸上;像芭蕾舞者那样梳紧;不对称地全抓在一边。同时,想着锁在箱里的那件新娘礼服。

"不知道我穿起来合不合身?"

她边想边注视自己,心不在焉地解开睡衣扣子,练习了几个姿势,以备哪天想当模特儿或者去秀场跳舞表演的不时之需。母亲梳妆台的镜子比她房里的镜子宽,但较短。她一直在想:"是穿呢?还是不穿?"她打开抽屉,在角落发现一枚沾满蜜粉的一分钱硬币。

"人头就穿。"她对着阴影说。果然是人头那一面。她深吸一口气,动手将箱子从墙边拉开,好够到箱上的黄铜勾扣。她感觉自己邪里邪气,像个盗墓贼,但硬币已经落下,木已成舟。箱盖吱嘎一声开了,压在上层的一大堆薄纸涌出来,经过不受打扰的这么多年之后,懒懒地窸窣作响,凭空冒出好几英寸高,一瞬间仿佛飘浮四散。她拨开纸。

最上面放的是花冠,用纸垫着,假花冠上有玫瑰,有几枝照片上看不出来的铃兰,东一颗西一颗地点缀着珍珠,代表露珠。有些玫瑰花瓣歪了乱了,某一朵玫瑰更是完全被压扁,像达达艺术的展览品。梅勒妮花冠拿在手里转了一圈又一圈,仔细把花都抚平整理好。一顶新娘花冠。她把它放在床上。

她拉出简直长达好几英亩的白纱,足够一整座哥特风格的圣山上的克拉纳赫的维纳斯们用来包头。梅勒妮像落网之鱼困在其中,面纱在四周飘扬,挡住她的眼,堵住她的鼻。她左转右转,却被缠得更厉害,跟白纱扭打挣扎了半天终于获胜,不耐烦地把它一股脑儿堆在床上的花冠旁。现在轮到礼服了。

礼服非常沉重,滑顺的绸缎表面有一层光泽,就像起居室柜子里那个除了拿出来擦拭之外从不动用的银茶壶。房里的月光全集中在它那丰盈神秘的层层剪裁上。梅勒妮一把扯下身上的睡衣,跨进礼服。礼服贴在皮肤上感觉很冷,滑过全身像冰水慢慢浇遍,她一阵冷战,屏住呼吸。

太大了。她母亲结婚时是丰乳健美的婴儿肥体态,这礼服容得下两个瘦巴巴的梅勒妮来一场连体双胞胎婚礼。这样一来就需要一张非常大的床,一张四人床。

礼服太大,让她失望得要命。她在白绸缎里翻来滚去,把裙摆往前踢开,走回梳妆台旁要拿别针别住宽松部分,但她看见镜里的自己,发现礼服就算太大也无所谓。

礼服反射的光辉染白了、改变了她一头黑发下的脸,胸线正好在她乳房边缘,像伊丽莎白时代的少女的连衣裙。这一身华丽帐篷反而更凸显她身材的苗条,像一排蜡烛将她照亮。她知道自己没办法应付那堆白纱,伸出手只拿起花冠戴在头上。小小的珍珠闪闪发亮,像眼睛,或者鱼的眼泪,传说中,珍珠就是鱼的眼泪。她母亲花冠上的珍珠虽是假的,但依然闪闪发亮。

"我有这么美吗?"她心想,被披挂着珍珠与花朵的自己吓了一跳。

她打开母亲的衣橱,对着长镜打量自己。她仍然是个美丽的女孩。她回到自己房间,用自己的镜子照照看有没有什么不同,但看到的自己依旧美丽。月光,白绸缎,玫瑰。新娘。谁的新娘?但这一夜,光辉耀眼的她只有自己就足够了,不需要新郎。

"看看我!"她朝苹果树说,那树在乡村静夜里为乖巧的果实增肥。

"看看我!"她朝南瓜般的月亮热切喊道,月亮微笑着,开心的圆脸就像小娃儿心目中自己的模样。

一阵带着草香的清风吹进窗子,抚过她的颈,拨弄她的发。月光下郊野平阔,像充满魔力的异国,那里长着东方玉米和永生不死的小麦,没人播种,也没人收割,陌生的异土,没有人走过,没有人碰触过。处女地。

"我要去花园,去夜色里。"

她抱着裙子快步下楼,哎哟——小心有一级台阶会吱嘎作响。她呼吸急促地拉扯前门的拴扣,折断了一片指甲。要安静,动作要轻,否则朗德尔太太就会下楼来,挥舞着放在床边准备对付半夜小偷的拨火棒。夜晚。梅勒妮开门走进夜晚,夜立刻用两根黑暗的手指捻熄了白昼般的她。

花园里的花朵释放着难以臆测的午夜甜香,摇曳起伏的草喃喃低语,更显得夜深寂幽静。万籁俱寂,仿佛世界尽头。她独自一人,裹着白绸缎的硬壳,是全世界最后一个、唯一一个女人。在那又深又蓝的穹隆下,她神采飞扬得全身颤抖。

那么圆的月亮。树上沉沉栖满做梦的鸟儿。沾着露水的草舔过她的脚,像友善的小动物,草叶感觉起来比白天更长更黏人。裙摆拖在身后,她走过之处留下一道闪烁的痕迹。静定无风,空气清澈得出奇,影影绰绰的事物——树枝也好、花朵也好,全都在黑暗中清晰浮现,仿佛透过水看去。她缓慢静悄地移动双脚,走在这水底的夜色中,张开嘴颤抖着呼吸,仿佛啜饮黑色葡萄酒。

紫丁香丛窸窣作响,一只毛茸茸的夜行小动物在她面前跑过草坪,发出沙沙声消失在一堆割下来的草中。不管那是什么动物,都不比风中的树叶更具体实在。

"我从没想到夜晚会是这样。"梅勒妮脱口说道,声音很小。

她充满狂喜,全身颤抖。为什么?怎么会?她浑然忘我,不知道也不在乎。天空中大堆大垛的云聚了又散,这里,那里,露出一颗闪耀的星。这花园就是全世界,世界空荡一如夜空,无垠一如永恒。

在小学的《圣经》课上,教师形容过永恒。戴眼镜、讲话漏风、身上一股柠檬香皂味的布朗小姐,被小朋友问到什么是永恒时,曾捏着粉笔很有企图心地侃侃而谈。她说,永恒就像不停不停地延伸下去的空间,上帝就在其中某处,像包在梅子布丁里的一枚硬币(这是梅勒妮七岁时的想法),被无数葡萄干银河系挤来挤去,或许觉得寂寞,希望有其他硬币做伴。上帝一定好寂寞哦,七岁的梅勒妮曾想。十五岁的梅勒妮则穿着一件离谱的礼服站在永恒里浑然忘我,凝视着无边无际的天空。

而这天空对她来说太大了,就像这件礼服。她太年轻,还不能面对。孤寂感一把扼住她脖子,她突然无法承受,惊慌失措。她迷失在这片陌异的孤寂中,恐惧涌入花园,喝醉了黑葡萄酒的她根本毫无防御能力。

她啜泣着骤然跑起来,裙摆绊着她的脚。这一切太多了,现在面对也太早了。她必须回到屋里,回到户内封闭舒适的黑暗和人类气息中。凶恶的树枝扯着她的发、扑打她的脸,草自动编结成绊马索要扭伤她的脚踝。梅勒妮开始害怕花园,于是花园便翻脸不认她了。

前门的白色台阶是庇护所,她颓然坐下。朗德尔太太那双熟悉、操劳、朴实的手每周将台阶刷洗一次,每天扫一次。梅勒妮把脉搏突突跳动的脸颊贴住阶面,阶面给她的脸抹上店里买来的童叟无欺的洗洁粉,仿佛种姓阶级标志。但门关着,她出来时门就带上了。她没有钥匙,被锁在门外,被自己锁在门外。

发现无法开门进屋,令她几乎绝望。而且她跑过碎石小径时割伤了脚,当时没注意,现在却看见瘀伤的双脚流着血,看见母亲的礼服裙摆沾染了小血点,血点在月光下看起来是黑色的。但最糟的是坐在屋外进不去。她紧抓着石阶支撑自己。

"我必须振作起来。现在该怎么办?"

她房间的窗户没关。也许她可以爬上苹果树,想办法爬进卧室,再狠狠关上窗户,把广袤的永恒荒漠关在窗外。但这样一来,她就得离开石阶的护卫,再度冒险踏出脚步。然而若不爬苹果树,就得在这里等到早上,等到朗德尔太太下楼来准备早餐。到时候她就得向朗德尔太太解释,为什么自己会整夜被反锁在屋外,身上还穿着母亲的新娘礼服。

她八岁和十二岁都爬过那棵苹果树,十五岁的现在呢?但除了苹果树别无他法,尽管这么一来她就必须走到屋后,谁知道那里潜伏着什么东西,什么怪物,什么巨大的玩意儿张着软软的嘴静静等着,躯体皮肉是夜色的质地。

她知道那些东西就在那里,等她绊跤跌倒。它们就在她眼角外的朦胧空间动来动去。她努力直视正前方,以免不小心将它们召进视野。她尽可能贴近屋子走,不管三七二十一直接穿过花圃,至少屋子能提供一点保护。她耳朵里血管突突猛跳,那声音也可能是四周怪物粗哑的呼吸。在这一夜的寂静中,所有电影或漫画书或噩梦里的恐怖事物不管再怎么离谱夸大都变得可信。

"别傻了,"她告诉自己,"这里什么也没有。什么也没有。"但"什么也没有"在她脑袋里铿然回响,那回音让她害怕。在如此畏惧中,她终于来到了她的阶梯、她的苹果树、她的好朋友身旁,多节瘤的树枝上结满果实。但今夜,在她恐惧的眼中,那些果实看起来都像邪恶的毒果,仿佛就连这棵伴她长大的树也翻脸不认人,不肯给她任何安慰。

以前她还常爬树时,上树只需几分钟。但从她开始留长发、暑假也不再天天穿短裤起,就放弃了爬树。那时她十三岁,月经开始来潮,她觉得自己像是怀孕了,孕育着自己,"成年梅勒妮"的胚胎在她肚子里缓缓成熟,妊娠期究竟多长,她也不太清楚。而在这妊娠期间,爬树可能会引发流产,让她永远困在童年,永远是个留着男孩般短发的小丫头。但走投无路之际,也顾虑不了这么多了。

"可我穿着这件礼服,怎么爬树?"

在她手脚并用挣扎攀爬时,这身几十码长的绸缎会无可救药地扯破、裂开、纠缠,她会被缠在树枝间不上不下,动弹不得。到了早上,他们得去田里找人手,带着梯子和绳子来把她解开,不管她到时是死是活。别傻了。当然是活,活着经历这整段丢脸的过程。所以她必须脱下礼服,在这不怀好意、充满欺骗的夜色中赤裸裸地往上爬。除此之外,别无他法。

她注意到低处一根树枝上有一块较深的黑,一处黑暗凝聚的焦点,就像她过分活跃的想象力塑造出的怪物,而且那东西还动了动。一声尖叫涌上她喉头,几乎脱口而出。绿眼一闪,那块黑影喵了一声。她摇摇头,松了口气,那是朗德尔太太的猫,这下她有伴了。她揉揉猫的耳朵,猫呼噜呼噜低沉鸣叫起来,那是家常熟悉的声音,出乎意料而又令人安心,仿佛有人为她点起一小簇火光。只要猫继续鸣叫,梅勒妮就有勇气摆脱礼服。她把头发揽在身上保暖,因为此时接近尾声的夏末夜晚已有了凉意。

她把礼服卷成一团,塞在树枝分岔处。爬上去后她可以把它拿回屋里收进箱子,没人会发现有人穿过它,除非看见裙摆的血迹,但血迹也只有一点点而已。猫转过头,发亮的眼睛打量着那团礼服,伸出一只肥厚爪子抚摸着。猫爪前端是弯弯的狡猾的肉钩子,它的拍抚是残忍的。传来一声撕裂。

"哦,天哪。"梅勒妮忍不住说。猫把礼服撕裂了一大块。她伸手打猫,猫跳下树落在草地上,消失不见。这下子又剩她一个人,而天空中的月亮已经开始西沉,不久后,月亮就会下山,她会被完全的漆黑吞没。她祈祷:"求您了,上帝,让我平安回到床上吧。"同时也不忘交叉双手祈求好运。

她强烈不安地意识到自己的身体有多么赤裸暴露,感觉到一种新的,也是最终的赤裸,仿佛她连皮肤也脱掉了,现在身上什么也没有,只剩终极赤裸的骨骸。看见手指上的皮肉,她几乎觉得吃惊;她的双手似乎也能像手套那样抛开,只留下骨头。

她抓住一根树枝试试是否结实,好些苹果纷纷落下。但树枝够结实,可以支撑她的体重。她深吸一口气,纵身上树,将自己抛进纠结粗糙的树枝的怀抱,树皮磨破刮伤了她的小腿、大腿、肚腹。

手勾、脚踩的每一下都刮得她好疼。一度有根树枝在她信任的脚下呻吟着断裂,她只能靠剧痛的双手紧紧攀抓,悬挂在天与地之间,在满是摇曳树叶和阴影的世界里盲目踢腿,拼命要找一处安全实在的立足点。她一路爬,苹果一路掉,渐沉的月亮在叶间眨眼,树枝粗硬的手不怀好意地伸向她,戳着她的眼睛和喘气的嘴。在这陌生的环境,她每喘一口气都是一番挣扎。细小树枝刮破她的脸颊和柔软的乳房,她仿佛在跟树扭打摔跤,满身大汗,还得拖着那团礼服,像累赘的圣诞礼物。

她不知道自己挣扎向上爬了多久,终于看见卧室窗台在上方出现,仿佛瞥见应许之地。但最后一处够稳的树枝离窗台还有好一段距离,她得想办法把自己和礼服惊险地往上甩进窗户。谢天谢地,窗户开得大大的,通向爱德华熊、《洛娜·杜恩》和银发刷。她全身紧绷,咬住嘴唇,摇摇晃晃地在树枝叶间站起来。

前两次都没跳起来,她头晕目眩全身发抖,几乎一头栽下树、落在不友善的地面。她将礼服向上抛出,礼服散展开来,白色翅膀扑打她的脸,像只巨大的信天翁落在窗框上,停顿了令人惊慌的一刻,接着朝内滚进房里。然后她跟着攀跳上去,一头栽进房里,趴在地板上。

她满身瘀伤又肮脏,有上百个小伤口在流血。她倒在奶油色的印度地毯上,终于感觉到坚实的地板,她如释重负地哭起来。等到好不容易站起来,她一跛一跛走到窗旁,朝月亮挥拳头,然后深深钻进床上的被毯,紧抱着爱德华熊,立刻就睡着了。

早上醒来,她发现礼服已成了碎片。

她摊开礼服,礼服完全遮住了她的窄床,但已经面目全非。树替猫完成了破坏工作。裙子解体成三片,破损撕裂的袖子跟上身之间只剩几条线连着,而且整个脏得一塌糊涂,满是一道道绿色树汁和她红色的血迹。她流的血远比想象的多。她摸着礼服,惊恐得全身僵硬。

还有花冠呢?当时她压根忘了花冠,所以爬上树时一定还戴着。可是房里完全不见它的踪迹。她走到窗边,看见花冠高高挂在一处枝丫,与那些高得摘不到的苹果为伍,看起来像个白色鸟巢,珍珠反射着清新的早晨阳光。这下子,花冠只能留在那里了,除非找消防队来帮忙。

楼下厨房传来烤面包和培根的香味。日常生活仍然继续着。

"哦,你这个笨蛋!"梅勒妮狠狠咒骂镜中的自己。

她满头苹果叶,她红着脸把叶子梳落地面,一绺绺长发也被气冲冲梳扯下来。这份疼痛是她应得的,她是个愚蠢的小孩,受到了惩戒和羞辱,总有一天得招供出这段闯下大祸的月夜历险记。

她将全毁的礼服放回箱子,乱塞一通,再堆上层层薄纸,一股脑儿地盖上箱盖。等母亲回来,梅勒妮会私下告诉她的。在那之前,也许不会有人注意到花冠,因为它挂在树上很高的地方,而朗德尔太太是个大近视眼,乔纳森跟瞎子差不多,维多利亚又从来不抬头往上看。

"我可不可以吃梅勒妮的培根?"维多利亚不客气地问。乔纳森则吃了她那份烤面包。梅勒妮吃不下,罪恶和羞愧似乎已沉积在她胃底。餐桌收拾干净后,她回房取出课本,仿佛做作业能带来一点抚慰。整个暑假她都没理会《洛娜·杜恩》,现在她翻着书做了一大堆笔记。

朗德尔太太带维多利亚到村里买东西,乔纳森也跟着去了,要买一组新模型。空屋包围着梅勒妮,似乎正轰隆隆震颤回荡。她有种奇怪的感觉,意识到一整屋空房间的虚幻存在,每当听见偶尔传来的砰咚或吱嘎声,后颈肌肉就一跳。这是个阳光普照的早晨,树上苹果散发着健康的光泽。一天一苹果,医生不找我。黄蜂一定已经开始忙着在掉落树下的苹果上打洞。她讨厌黄蜂,想到黄蜂在她的窗下大吃大喝简直无法忍受。

十一点半,慵懒炎热的早晨过了一半,前门传来响得惊人的敲门声,又大声又意外,她手里的笔不禁一抖,在笔记本上画出一块污渍。她走下楼,朗德尔太太的猫正在门厅笨重地追苍蝇。它是她愚行的见证人,在昨夜的灾祸中也参了一爪。梅勒妮走过时朝猫踢了一脚,猫朝她龇牙嘶叫。

门外站着个信差男孩,手中拿着一封电报。梅勒妮一看到他,就知道电报的内容,仿佛那些字印在他前额。

刹那间,这早晨陡然一黑。四周恢复明亮时,男孩还站在那里等他的小费。梅勒妮身无分文,幸亏衣帽架上的牛奶罐里有六便士零钱。猫坐在第三级台阶上,眨了眨眼。男孩离开,梅勒妮听见他摩托车排气管的声音从远处传来。

"都是我的错。"她对猫说,声音像水草摇晃不定。"都是我的错,因为我偷穿她的礼服。要不是我毁了她的礼服,一切都会好好的。哦,妈妈!"

她的胃揪成一团,上楼到厕所里呕吐,那封没拆开的电报一直攥在手里。打开电报看过之后,她又吐了。她走进卧室,遇见镜中的自己,白脸,黑发。这女孩杀了她母亲。她拿起发刷朝镜中自己的脸摔去,镜子砸成碎片,后面什么也没有,只有衣橱的空白木板。

她很失望。她本来希望看见镜子仍在原处,仍然映照卧房,而她自己则变成碎片消失。她踩过碎玻璃走到窗前,看向树上的新娘花冠。

"我要去把它拿回来收好。然后她或许就会回来了。"

但她知道,她如果爬上窗台一定会跌下去。而且,死去的人怎能回来?

"哦,妈妈!"

她走到父母房间,看着婚礼那天的他们。如今,新娘礼服没了,新娘没了,新郎也没了。那个害羞的新郎站在新娘身旁偏后,眯起眼睛因为阳光照着他的眼。

"哦,妈妈!哦,爸爸!"

泪水流下她的脸。她用牙齿咬着电报,小心地把那张照片从相框取出,撕得粉碎,雪花般的碎片丢进壁炉。然后摔烂相框。再然后,她动手砸坏整间房里的一切。

她拉出抽屉打开柜子,倒出里面所有东西,用结实的双手加以攻击。她乱翻一盒盒一罐罐化妆品和香水,在自己、家具和墙上乱涂乱抹。她扯下床垫和枕头,拼命踢打,直到弹簧穿透织锦的床垫套,直到枕头爆散成羽绒细雪。电报仍咬在她齿间,逐渐被口水沾湿。她什么也看不见、听不见,只像个自动机器人进行摧毁破坏,羽毛沾在她脸颊的泪水和油彩上。

朗德尔太太和维多利亚回家了,因为天气热,两人都吃着冰激凌。朗德尔太太把已削好皮的马铃薯放进锅里煮,放好餐具。乔纳森抱着一个新盒子,盒里是"卡提沙克"号的模型,镜片后的眼睛闪着兴奋的光。

"晚饭就快好了,乔纳森。"朗德尔太太安然说道。

他在饭桌旁乖乖坐下,模型盒放在膝上;这盒子太珍贵了,他绝不会放下。维多利亚玩着购物纸袋。饭菜上桌,两个孩子吃了起来,朗德尔太太纳闷梅勒妮到哪儿去了。她没吃早餐,肚子一定饿了。乔纳森和维多利亚都吃得很香,朗德尔太太不愿打断他们。

"梅勒妮!"朗德尔太太在楼梯下叫。

没回音。

梅勒妮是不是在房里看书睡着了?朗德尔太太走上楼,有点气喘吁吁,发现她房间空着,满地都是镜子的碎玻璃。她看着这片凌乱,叹了口气。

"她不小心打破了镜子,不敢说,躲起来了。"朗德尔太太明智地告诉自己。

走到楼梯间平台,她意外听见低泣声,便朝着这出乎意料的声音走去,发现梅勒妮盘腿坐在一堆撕破的晚礼服间。一堆瓶子碎片间散发着香奈儿五号香水的味道,强烈得刺鼻。梅勒妮满脸扭曲,涂满唇膏和眼影,像一张红黑相间的脸谱,张着嘴发出无言的茫然哭嚎。朗德尔太太这辈子见识过不少事情,因此镇定以对。

她用力掰开梅勒妮发热紧握的手指,才拿出那份电报。梅勒妮根本没意识到她的存在。朗德尔太太从围裙口袋拿出老花眼镜,擦了擦,读完电报,慢慢摇头。她伸手搂住梅勒妮,但梅勒妮僵直得像块木头,哀哀哭个不停,因此她让梅勒妮独处,踩着沉重的脚步下楼了。

"乔纳森,"朗德尔太太说,"快去请医生。你姐姐生病了。"

"我还没吃甜点耶。"乔纳森心安理得地说。

"甜点放在烤箱里,不会凉的。"

"我现在就要吃甜点!"维多利亚吵道,因为她看到今天的甜点很特别,是苹果派。朗德尔太太切了厚厚一块给她,浇上奶黄酱。最好趁还有得吃的时候多吃点。她慢慢地、庄重地吃着自己那份派,仿佛吃着葬礼上的烤肉。她由以往经验得知,遇上困难时肚子饱饱的会有帮助。然后她在小盘里装了些马铃薯加肉汁,喂给猫吃。

"猫咪呀,咱们俩很快就得找新家了。"她对猫说。猫边吃边呼噜呜叫着,摇动着尾巴。

2

梅勒妮像条盲眼无耳的鱼游在一片茫然大海,海里既无时间也无记忆,只有梦。直到夏去秋来,她才浮出海面,神色苍白,躺在床上回想。等力气恢复了些,某天一大早她来到院子,把那件新娘礼服在苹果树下埋好,胸口感觉好空洞,仿佛埋的是自己的心。但她依然会动,会说话。

"你必须当他们的小妈妈。"朗德尔太太说。朗德尔太太给他们的外套袖子缝上一圈黑纱,连维多利亚的衣服也不例外。朗德尔太太已经穿着黑外套了,死亡来袭时,她总是有备无患。令朗德尔太太失望甚至叫屈的是,梅勒妮父母的尸骨不会送回家来安葬——因为他们已经尸骨无存。但即使如此,还是……

梅勒妮开始将头发编成粗硬长辫,像印第安妇女那样。她把辫子绑得很紧,紧得作痛,绷扯着发丝和头皮,仿佛白色的发际线会迸开让脑浆一涌而出。这是为了赎罪。她咬着尖刺的辫梢,踢着厨房一把椅子的腿,厨房通往门厅的门开着,隐隐传来拍卖公司人员的交谈声。

所有东西都得卖掉。家里一毛钱也不剩。爸爸没存钱,因为他认为自己总可以再赚更多。三个孩子在一片真空中度过一天又一天。他们还是有东西可吃的,朗德尔太太也还在,是生活中唯一稳固的重心。如今梅勒妮总待在朗德尔太太身边帮忙做家事,因为她不想独处。镜子破了,她痛恨自己刷牙或经过门厅衣帽架时无意瞥见的自己的脸。但母鸡般保护他们的朗德尔太太正在找新工作,而他们栖身的这栋房子和家具通通得卖掉。

"小妈妈。"梅勒妮复述着。她必须当乔纳森和维多利亚的妈妈。但乔纳森和维多利亚似乎根本没感觉少了个母亲,他们都有各自的私人世界。乔纳森继续做他的新模型,维多利亚像小溪流水,叽咕个不停,在照进屋内的一束束阳光中追赶飞蛾。两个人都没有提到父母,似乎也不明白现在的生活就要结束——维多利亚年纪太小,乔纳森满脑子别的事。每当有兴趣的买主来看房子——近来他们出现得愈来愈频繁——两人都躲得远远的,直到来人离开。

"担子全得我一个人挑。"梅勒妮说。

朗德尔太太正在织一只长袜,作为送给乔纳森的临别礼物。她把脚跟部分翻过来。"那些律师,"她说,"要我告诉你,因为我跟你们比较亲。我一直在等适当的时候开口。"

"什么事?"

"你们要搬去你菲力普舅舅家。"

梅勒妮睁大眼睛。

"菲力普舅舅会收留你们三个。何况 家人也不应该被拆散。"她吸了吸鼻子,加强语气。

"可是我们从来不认识他啊。他是妈妈唯一的兄弟,但他们后来也没有联络了。"她从遥远过往偶然听到的某句话中挖出那个姓氏。"他姓花。妈妈娘家姓花。"

"律师说他是个标准的绅士。"

"他住在哪里?"

"伦敦,他一直都住伦敦。"

"所以我们得搬去伦敦。"

"这样很好,而且你也慢慢长大了,可以享受整个伦敦,那些戏院啦、舞蹈啦,"她想起在杂志和小说里看过的那个词,"出游之夜。"

"他做什么工作?他以前是做玩具的。"

"现在也还是。他结婚了,家里会有女眷照看你们的。"

"我不知道他结婚了。"

"这年头,"朗德尔太太不以为然地说,"家人间真是缺乏联系!居然连自己舅舅有太太都不知道!她毕竟是你们舅妈啊!"

"到了新环境,一切都会好陌生。"

"人生就是这样,"朗德尔太太说,"我会想念你们的,惦记着小娃儿长成小女孩,还有你长成年轻小姐。"

梅勒妮低下头,两条辫子滑过脸旁。"你对我们一直很好。"

"我当然也会帮你们收拾行李。"

"我们"——她咽了口口水——"什么时候走?"

"快了。"

十月,秋高气爽、飘着薄雾的金色十月,甜美的天光沉甸甸。他们站在门前台阶等出租车,袖子上佩着黑纱,手中提着行李,像船难幸存的孤单无助的旅客,紧抓着胡乱抢救下来的几样东西,惊恐地看着他们必须投身其中的波涛汹涌的大海。

"我可能再也见不到这栋屋子了!"梅勒妮想。告别老家的这一刻,意义如此重大,她几乎难以理解,只感觉模糊的遗憾。玫瑰花冠依然挂在苹果树上,风吹日晒下已经有一点破旧。

朗德尔太太湿湿地亲吻三个孩子。她也是今天离开这栋房子,穿戴着耐用的黑布外套、补缀得干净利落的布手套、结实便利的系带鞋,猫睡在行李旁的一只篮子里。新雇主会开车来接她。他们的关系就此结束,她属于另一栋房子、另外的人了。

"哦,天呀,"梅勒妮突然说,"上学。"先前她一直没想到这件事,现在看见行李箱才想起。她和乔纳森应该回学校上学了,维多利亚这学期也该开始上村里的幼儿园,跟其他小朋友平等地打成一片。

"你菲力普舅舅会安排的,"朗德尔太太说,"一路上看好他们两个啊,买点糖果和漫画书给他们在火车上打发时间。"她打开鲸鱼背脊般的黑色人造皮手提包,在阿司匹林药瓶、零星的发夹、一管管薄荷糖间翻找。"拿着。"一张一镑钞票,临别礼物。

然后出租车来了。出租车司机,火车站检票员,站在月台上的其他旅客——他们是否感到这几个孩子有哪里不同,看见他们臂上的黑纱而心照不宣,悲哀地点点头,并朝他们微笑以示鼓励与同情?梅勒妮觉得有。任何一丁点怜悯都令她全身僵硬,她竭尽全力表现得冷静自持。

像个小妈妈。

"我要负责。"她想着。这时三人已坐上火车,维多利亚翻开椅垫看底下有些什么,乔纳森研究着一艘纵帆式帆船索具的一览图。"我不再自由自在了。"

悲惨的感觉仿佛一桶黑水当头浇下。梅勒妮觉得自己某一部分被杀死了,某个正在萌芽的温柔部分;那个头戴雏菊花冠的少女会在老房子阴魂不散,变成新任屋主揽镜自照时出现于镜中的影像,变成黑夜里闪现在苹果树峥嵘枝叶间的白影。她就像个截肢病患,还无法适应已经失去的部分,那与她父母一同在内华达沙漠碎散成千百片的部分。一趟例行的国内班机,一场没有预报的暴风,一个引擎失灵,两个英国人出现在死亡名单上。我们深感遗憾地宣布一位知名作家及其夫人不幸罹难。

妈妈。

不,应该说母亲。现在她死了,该给她这个光荣的头衔,"母亲"。同样带有某种光荣味道的是"孤儿"。梅勒妮从没认识过任何孤儿,现在自己却成了孤儿。就像简·爱一样。但她还有弟弟妹妹要照顾,因为他们除了她已经一无所有。

"伦敦!伦敦!"每当火车慢慢停下来,维多利亚就大叫。这是一列时走时停的乡间慢车,常常暂停休息,不是在铁轨长满欧芹的某个清闲的乡下小站,就是在前不着村后不着店的田野之间。

"他们在伦敦车站认不出我们吧,"乔纳森突然说,"我们从来没见过面。"

"三个小孩自己搭车,很好认的。"梅勒妮说。

这班车如同炼狱,是一段等待的时间,介于已经结束的已知过去和尚未开始的难测未来之间。旅程漫长,乔纳森瞪着窗外,不过他眼中的景色和梅勒妮看到的截然不同。维多利亚终于睡着,没有看见列车缓缓驶入伦敦边缘,直到列车终于停在拱顶下充满回音的站台,也没醒来。梅勒妮全身僵硬作痛,满脸煤灰,有种寒冷反胃的古怪感觉,但她紧紧咬住嘴唇,把行李堆放一旁。

"乔纳森,"她说,"你得抱着维多利亚。"

他抱着自己的一个特别的包包,考虑了一番。

"我宁愿抱我还没组合完的这个模型,免得它被弄坏。"他说得心安理得。梅勒妮知道跟他争也没用。

"那我抱她吧,行李就找脚夫来搬。"

维多利亚是个又胖又重的小孩,梅勒妮的手臂快被她压断了。人潮冲涌中,梅勒妮无助地环顾月台,找不到脚夫。菲力普舅舅又在哪里?

然后两个年轻男子吸引了她的注意。他们靠着广告牌用纸杯喝茶,动作不慌不忙,带着缓慢的乡村味道。他们走到哪里都自成不同的氛围,那股平静吸引了她。尽管背后是一个六英寸高的啤酒瓶,一排红字"男子汉的饮料!"横过瓶身,两人却使周遭笼罩着一幅沉默多岩的乡野景致,那里吹的风永远带着些许雨的气息,鲜有鸟儿鸣唱。这两个男人强悍却又温和,某种意义上,他们是乡下人而梅勒妮不是,尽管她刚来自青绿田野,而他们可能一辈子都住在伦敦。两人是兄弟。

很明显是兄弟,却又迥异得惊人——用同一块布料,在同一时间,剪裁出的两件不同衣服。比较年轻的那个约莫十九岁,只比梅勒妮高几英寸,略长的亮红色头发披在衣领上,肩章和黄铜纽扣俱全的深蓝外套颇有军服味道,下身是洗得快磨秃的灯芯绒长裤,又窄又皱。这身衣服看来是从教区的捐献箱捡来的。他的脸像民间故事里的"傻子伊凡",颧骨高,上挑的窄眼,右眼轻微斜视,使他的眼神歪斜而令人不安。他微张着嘴巴呼吸,那嘴粉红得像花,咧着不为什么的微笑,或者笑的是某个只有他知道的笑话。他的动作带着圆熟非凡的优雅,手拿杯子凑到嘴边的姿势有如诗句闪现。

另一个人则是这男孩长大成人、化为岩石的模样,比较高,肩膀更宽,仿佛生硬拼凑而成。他有一张岩壁般不动声色的脸,看起来坚砺,穿一套海军蓝细纹西装,裤管膝盖磨得很厉害,驼棕相间的衬衫是不显脏的那种,棕蓝相间的领带别着竖琴形状的领带夹。他耳后塞着一根抽了一半又摁熄的手卷香烟,已经快散成破纸和烟丝。

两人喝着茶,没有交谈,维持一片安宁,尽管车站里的嘈杂喧嚣在四周奔涌。他们保持着自己的沉默,丝毫不让步。

比较年轻的那个喝完茶,掷铁饼般地画出一道优美弧线将纸杯扔过广告牌,用手背擦擦嘴。他似乎正在审视火车,以缓慢横扫、有点歪斜的眼神彻底把遍列车。他的眼睛是奇特的灰绿,色如大西洋的眼神像浪潮拍向梅勒妮,将她淹没,如果他的眼神是水,她一定全身湿透。他碰碰另一个男人的手臂,对方立刻丢下杯子,两人朝她走来。一个人的动作像风吹树枝,另一个人则像塔楼倾塌,不协调的前进步调十分吓人,似乎每一大步都不受控制地朝前轰然压去,又猛然直起僵硬的身体,脚跟着地摇晃一瞬,然后再迈出惊天动地的下一步。男孩微笑着伸出双手表示欢迎,另一个男人没有笑。梅勒妮知道他们是冲着她来,吓了一跳。

她原先预想着会见到一个戴着牛仔帽、一张黑白照片脸的老人,如今却惊慌看着这两个陌生人前来拦截她。脑海里闪过犹记曾在周日报纸上读到的报道,说有些男人在伦敦各大火车站出没,专门诱拐少女从事下流勾当。但那男孩说:"你就是梅勒妮吧。"

原来他们知道她的名字,那就没关系了。梅勒妮看着他的嘴在动,他还在说话,但一列火车拉起汽笛,淹没了他柔和之至的声音。

"我是梅勒妮,"她说,"是的。"

"小娃儿我来抱吧,梅勒妮。"他讲话带着依稀可辨的爱尔兰腔。她得倾身靠近才听得见他说什么,然后求之不得地递过维多利亚,伸伸疼痛的双臂。

乔纳森从火车那里走来,一名脚夫跟在身后提着行李。

"他就这么从走道走进车厢,说:'我想你需要人帮忙吧,先生。'"乔纳森解释道,然后又惊异地加了一句:"他叫我'先生'耶!哇!"

"这是乔纳森,"梅勒妮说,"小娃儿叫维多利亚。"

"我叫芬恩,"男孩说,"他是弗朗西斯。我们姓乔尔。很高兴认识你们。"

兄弟俩态度正经得让人不安,分别跟梅勒妮和乔纳森握手,芬恩握手时还得岌岌可危地保持着维多利亚的平衡。

"不过,你们是什么人呢?"梅勒妮问。

"你玛格丽特舅妈是我们的姐姐,"芬恩说,"所以说,我们也算是你们的舅舅。"他咧嘴一笑,笑得随意狡黠,露出一嘴发黄歪扭的牙。

"可你们是爱尔兰人呀!"

"就我所知,没有法律规定不行吧。"芬恩温和的语气让她羞愧。维多利亚在他怀里动了动,他对她说了什么,她便把脸埋进他海军蓝的前襟,重新入睡,睡得更沉。原来这是一件人家不要的消防队员制服外套,梅勒妮吃了一惊。一行人凌乱地走向出租车排班处。

"车程很远,但你舅舅给了弗朗西斯钱,坚持要我们带你们坐出租车。"芬恩说。"他当然,"他补充说,"不会把钱交给我保管啦。"他又咧嘴笑了。

"我本来有一镑,但买牛奶和坚果巧克力用掉了。"

"一整镑全用来买巧克力?"

"还有杂志,在车上看。一本《海风》给乔纳森,另一本《贝诺年鉴》[1]给维多利亚,这样他们才不会无聊。"

"但再怎么说,一镑还是很多。"他说。

梅勒妮挤在他旁边,另一侧是沉默如同巨石的弗朗西斯,乔纳森坐在对面的折叠式椅子上。伦敦从窗外滑过,但梅勒妮没去看。

"乔尔?"她试探地问。

"乔尔。"

"听起来,"她说,"不太像爱尔兰姓。"

"也许吧。可它就是了。"

接下来的沉默中,梅勒妮开始闻到两个男子身上的气味。她先是纳闷了好一会儿,不知气味从何而来,因为她完全没料到两兄弟这么脏。她跟他们挤得这么近,鼻孔全被他们的气味充塞,她几乎呛住,同时也感到惊恐,因为她不曾跟身上发臭的男人坐得这么近。两人散发出一股凶蛮、未经清洗的动物的臭味,芬恩身上除了贫民窟的穷困气息,还有油漆和松节油的气味。她看见弗朗西斯的衣领满是污垢,脖子也脏得要命,芬恩的脖

---

[1] 一套老牌漫画书。

子则被头发挡住,看不见。

她这辈子一直都梳理清洗得干干净净,眼前仿佛看见这十五年来无尽的洗澡水、洗发精和干净内衣,一整列她曾经泡过的水满满的浴缸,一整排滑溜溜都是她曾用来洗搓身子用尽的肥皂。她试着回想充满肥皂泡泡的热水以抵御两人的臭味,但毫无帮助。显然出租车永远到不了目的地,她也永远呼吸不到新鲜空气了。车费跳表跳个不停,乔纳森钦佩地注视了一会儿,仿佛很佩服它敢收他们这么多钱。

"还很远吗?"梅勒妮憋着气细声问。

"还要更远。"芬恩心不在焉说道。他在想什么?他的侧面看起来狂野奇异,鹰钩鼻,厚重眼皮遮掩住眼睛。

"还要更远。"他又说一次。

"天快黑了。"她说,因为街上天光已经消逝,乔纳森的脸朦胧溶解在车内的一池黑暗中。

"还会更黑呢。"芬恩回答,语气突然多了些暖意。两人这番应答有某种仪式意味,仿佛梅勒妮无意间发现了暗语口令,得以安全通过剑刃般狭窄的危桥,进入寇贝尼克城堡[1]。弗朗西斯转过头来，紧闭的嘴弯出一个古老微笑，仿佛古希腊时期的陶土雕像。他牵动的外套传来一股霉味。

"你知道，"芬恩说，"你们舅妈的事吧？"

"呃，知道啊。玛格丽特。你姐姐。"

"但是他们有没有告诉你——"他住口，兄弟俩在黑暗中交换了一个暧昧眼神，转动的眼睛闪现眼白。

"她是哑巴。"弗朗西斯说。这是他第一次开口，声音平板粗粝。他哼起曲子，不再说下去，动作熟练地卷了根烟，完全不必看手。

"哑巴？"梅勒妮问道。

"一个字都不会说，"芬恩说，"啊，他们应该告诉你的。可怕的毛病，她结婚那天忽然开始的，像个诅咒。她的沉默。"

弗朗西斯卷烟的动作顿了顿，朝弟弟皱眉，似乎嫌他说得太多。但梅勒妮没注意到。先前舅妈在她脑海

---

[1] 寇贝尼克城堡（Castle of Corbenic），典出亚瑟王与圆桌骑士的传说，是圣杯所在之处。

里只是个影子,是做玩具的舅舅身上微不足道的附属品,但现在她有了实体,因为有了一个特征。哑巴。

"真可怕!"她震惊地说。

"我们三个很亲,"弗朗西斯说,"兄弟姐妹本来就该亲近。"他的烟草带着醇厚的芳香药草味,仿佛有益健康。

"她做的菜棒极了,"芬恩说,显然是为了弥补先前的话,"糕饼一流!"

"她常做面包布丁吗?"乔纳森问。

"很少。"芬恩想了一会儿说。

"那就好。"乔纳森说。所以他一定也注意到,而且到头来也厌恶起,朗德尔太太那没完没了的面包布丁。

出租车穿过凋敝灰暗的街道,街上偶有几棵憔悴的十月的树,在愈来愈浓的羊毛般白绒绒雾气中落下悲哀的叶。哀愁的,落魄的,伦敦南区。

"我们就快到家了。"芬恩说,梅勒妮突然忍不住啜泣起来。芬恩一手按在她膝上,柔声说:"我们打从父母过世后,时不时地也住在这里。"

"那我们都是孤儿了!"

"都在一条船上,同病相怜,没错。"

"船。"乔纳森重复着,心驰神往。

他们来到高丘上一处楔形空地,中央处是一间建得异想天开、有着繁复洛可可装饰的公厕。维多利亚式的铸铁围栏,上方是一棵无精打采的槭树,树干白斑斑的,好像得了皮肤病。这里有些店家,此时全都明晃晃亮着灯。一间水果店,橱窗里绿油油铺着假草皮,黄澄澄的柳橙堆成一座小山,仿佛摘下来的冬天小太阳;香蕉像长了黑斑的手,探抓着什么;花瓣层层叠叠的巨大绿玫瑰,仔细一看其实是皱叶甘蓝菜;黑醋栗的花苞是红甘蓝菜,可以加醋加辛香料烹煮。一间肉店,发色斑白的男人身穿蓝围裙,头戴血迹斑斑的草帽,从两具悬挂摇晃的羊身之间伸出手,拿起平滑砧板上的香肠。一间点心店,饼干糖果用驯鹿冬青图案的圣诞包装纸包好,橱窗里已经有了个皱纹纸做的圣诞老人,跟十一月五日要用的罗马蜡烛、仙女泉、鞭炮挤在一起[1]。

还有更多店家。一间收破烂的,煤油灯旁坐着个皱巴巴的苍白妇人在打毛线,四周满是破旧用品——水壶、烛台、几本书、摇摇欲坠的椅子、歪歪倒倒的桌子、缺角的珐琅面包箱里满是有裂纹的小盘。一间新家具店,橱窗里一套三件式丝绒家具,旁边是光可鉴人的鸡尾酒柜。店家全都在高耸老房子的一楼,招牌是弯弯曲曲的老式手写字体,只有家具店闪着缺了半个字的霓虹灯:

满足"豕"居一切需要。

"到这里就行了。"车到公厕外,芬恩对司机说。弗朗西斯掏出一卷厚厚油油的钞票付了钱。

"舅舅家到底在哪?"梅勒妮说。

"他的店。我们住在店铺楼上。在那里。"

---

[1] 在英国,十一月五日是烟火节(Guy Fawkes Day),有放烟火鞭炮、焚烧福克斯(Fawkes)雕像的习俗。盖伊·福克斯是十七世纪初密谋炸毁国会的反叛分子,于十一月五日被捕。后来,其被捕日演变成节日。此处罗马蜡烛、仙女泉都是烟火的名称。

一间窗户已钉上木板的倒闭珠宝店,一间橱窗里满是阳光早餐谷片的杂货店,中间夹着一间黑黢黢洞窟般的店面,被楼上的住家压得抬不起头,灯光黯淡得让人乍看之下注意不到。洞窟中隐约可见一匹木马的模糊轮廓和马鼻孔内侧的鲜红,以及若干穿着浓重深沉色彩、四肢僵硬的木偶,一具具挂在那里;但木马棕色的漆和木偶身上层层深浅不一的紫融成一片昏暗,很难看出其他东西。

门上方有个巧克力色招牌,深红字样写着"新奇玩具 菲力普·花"。门上挂着花体字的"营业中",底下插了一张较小的名片,写的是:"弗朗西斯·K. 乔尔。小提琴。利尔舞曲、吉格舞曲等。古爱尔兰风味。通常有空。费用合理。"加上幸运草图案和铅笔写的"内洽"二字。

芬恩推门,门一时被厚厚的门垫卡住,仿佛不愿放他们进屋。头上传来一阵愤怒的铃声,柜台旁栖木上一只桃红色鹦哥飞起来发出挑衅的尖叫,但它的一只腿拴着链子,因此随即就拍着翅膀停降下来。木制长柜台是红棕色,擦得发亮,柜台后架子上堆着一沓沓硬纸盒和许多奇形怪状的彩色包裹。但店里的灯光跟橱窗一样昏暗,橱窗则和店内隔着一道落满尘埃的酱紫色天鹅绒帘幕。除了鹦哥,店里空无一人,柜台上放着一本写字簿和一支签字笔。

"当然啰,"梅勒妮心想,"这样,玛格丽特舅妈才能写下价钱,卖东西给客人,因为她是哑巴。"

"哑巴"一词像钟声在她脑海中敲响。

"我们管那鸟叫'裘伊',"芬恩说,"它负责看店,算是吧。"

"不卖。"鹦哥凶道。睡眼惺忪的维多利亚抬起头,惊讶看着它。芬恩仍抱着她,没有一点累的样子。他瘦归瘦,但一定很强壮。

店后一扇门打开,明亮光线突然照进来,刺痛他们的眼。是玛格丽特舅妈。光穿透她随意盘起的稻草堆似的头发,照得头发仿佛在燃烧,让人有种可以伸手凑过去取暖的错觉。她一头红发甚至比芬恩和弗朗西斯还红,眉毛像用红墨水在眼睛上方浓重画出,脸却毫无色彩,双颊和薄唇都没有半点血色。她瘦得可怕,家传的高高颧骨瘦削而突兀,窄肩撑在毛衣布料下,像瘦骨嶙峋的翅膀。

一如朗德尔太太,她也是一身黑——没形状的毛衣和下摆拖地的裙子,黑长袜(其中一只脚跟破了个大洞),踩扁的黑鞋随着她走动发出响亮的噼啪声。她的微笑紧张而饥饿,像芬恩先前那样张开双臂欢迎他们。芬恩把维多利亚交进她怀里,她叹口气抱紧小娃儿,那痉挛般的生疏动作属于一个想要孩子却没有孩子的女人。梅勒妮纳闷她几岁,但完全看不出来,从二十五到四十都有可能。

"跟你们舅妈进去吧,"芬恩对梅勒妮和乔纳森说,"我和弗朗西斯会把行李拿到楼上房间去。"

店后的小厅里,暖炉烧着煤炭,火困在黑铅小炉格中烧得更猛,黄色火焰直冲烟囱。锡托盘上一只电壶,插头插在墙上,煮着水冒出热气,一圈茶杯等在旁边。一座镀金大鸟笼立在一角,笼里有若干鸟类标本,发亮的黑羽毛,黄色鸟喙,锐利的小眼,栩栩如生得令人不安,一时间,梅勒妮还以为是真鸟。厅里有一张上了年纪的皮面沙发椅,略显歪倒,看起来很舒服,椅背上铺着钩针钩的椅套,此外还有几把藤编椅面的直背椅子。墙上钉着一张大黑板,附带粉笔盒,黑板上用白粉笔写着"欢迎梅勒妮、乔纳森和维多利亚",周围还画有卷卷的蓝色花纹。这份欢迎之情动人而真诚,梅勒妮感觉喉头一阵哽咽。

玛格丽特舅妈拿起粉笔写道:"脱下外套,别拘束。我在看店,所以我们得在楼下待一会儿。"梅勒妮注意到舅妈食指上满是厚厚的粉笔灰——她如果能说话,一定很健谈。然后她把维多利亚放在那张大沙发椅上,开始泡茶,茶点是从纸袋里拿出的鲜奶油大面包,每人两个。

"我们吃的上一顿饭是早餐,"乔纳森说,"香肠和培根。当然,那是在家吃的。"

"那时候我们在家。"维多利亚说,脸颊上沾了鲜奶油和果酱。"现在没有家了。"维多利亚说,嘴巴张成一个圆圆的O字要哭,可以看见嘴里满是嚼了一半的鲜奶油面包。玛格丽特舅妈再度抓起粉笔,用手掌擦干净黑板,迅速写道:"现在这里就是你们的家!"

"她不会认字。"梅勒妮说。维多利亚哇哇大哭。玛格丽特舅妈瞥向四周,寻找能分散她注意力的东西,随即冲向角落的鸟笼,拉动笼底的一根把手,笼中鸟全都上蹦下跳、啁啾鸣叫起来,鸟喙开合不停。维多利亚立刻被迷住了,拍着手笑得很开心,苦兮兮的 O 形嘴就在众人眼前变成"乐呵呵老黑"[1]般一片哈密瓜形的微笑。鸟群唱跳了大约两分钟,然后机械装置渐松,鸟跳得愈来愈缓慢沉重,啁啾声拖得长长的,像喘息。它们筋疲力尽了,维多利亚的嘴又撇了下来。玛格丽特舅妈再次拉动把手,鸟群又振作起来,蹦蹦跳跳,轻快不已。

"真厉害!"梅勒妮说。

女人冲向黑板,告诉她:"你舅舅做的。"

"他一定很聪明。"

"这是人家订的。钱已经付了。我其实不该乱动它的。"她苍白的前额因担心而皱了起来。

玛格丽特舅妈自己也像只鸟,一下飞到东,一下飞到西,点头的姿势也很特殊,像燕子啄食面包屑。一只不会唱歌的红冠黑鸟。听见这些鸟机械式的甜美声音,店里那只鹦哥发出混杂不清的大叫,连串的激动而无意

---

[1] 乐呵呵老黑(Happy Sambo),殖民、蓄奴时代论述中的一种刻板印象,即黑人(黑奴)是乐天的、无忧无虑的,但是脑袋不灵光,需要主人管理。

义的音节,仿佛它觉得这些玩具鸟在嘲笑它,气得语无伦次。屋里满是鸟声。

两兄弟下楼来喝茶,对姐姐微笑。他们跟她沟通不需言语。她轻轻抚摸芬恩乱糟糟的头发,脸颊贴在弗朗西斯的前襟。他们彼此关爱,也不怕别人知道。在这小房间里,他们的爱几乎实质可触,像炉火一样温暖,像甜茶一样浓烈又抚慰人心。梅勒妮看着他们,心里无比苦涩孤寂,觉得自己没人爱。但芬恩走过来坐在她身旁,递给她一个鲜奶油面包,她感激地接受了,当它是友谊的象征,尽管她并不想吃。

"但别吃太多,免得吃不下晚餐,"他说,"因为晚餐有兔肉派,全世界最会做兔肉派的就是我们的玛格了,你说是不是,弗朗西斯?"

弗朗西斯露出他那古老的微笑,玛格丽特无声地笑了。

"兔肉派我们吃,骨头留给狗。"芬恩顺口说。

"哇,这里有狗狗呀?"维多利亚叫道,跳上跳下。

"她一直想养狗,但是妈妈——母亲不肯让她养。她说每个小孩都想养狗,但是养了又不会照顾。猫也是一样。"

"嗯,现在维多利亚至少拥有一只狗的部分股权了。"芬恩说。

大家又喝了几杯茶。乔纳森对这房间或房里的人都不感兴趣,只是坐在那里,眼睛凝望着巨浪拍打辽阔的太平洋中某处珊瑚环礁。一只瓶子冲到他脚边,滚进岩礁间的小水塘。他摔破瓶子,瓶里有封信,他意外地读着,那封信提出一个问题。于是,从遥远的地方,他开口发问:"我们什么时候会见到舅舅?"

"明天,"芬恩随即回答,"今天他突然有事,所以弗朗西斯和我代替他去接你们。"

为什么只有芬恩一个人说话?哦,玛格丽特舅妈不能说,弗朗西斯不肯说。带梅勒妮和乔纳森去看房间的也是芬恩。乔纳森的房间是天花板高高的阁楼,空气流通,墙壁新刷了白漆,一张小铁床,床罩是毛线织的方块缝缀而成,像难民用的毯子。屋顶上的窗户有遮檐,眺望窗外可看见一大片蜿蜒谷地,满是灯光,是一处只在夜间怒放的城市花圃。

"白天可以看到圣保罗教堂哦。"芬恩表示。

"这里简直,"乔纳森说,"像瞭望台。船上的。只是多了张床。"

他兴奋地摘下眼镜,用口袋里的手帕擦拭。这手帕现在已经不干净了。梅勒妮担忧地想,不知我们在这里是否还每天都理所当然地有干净手帕用。乔纳森的眼睛少了镜片保护,暴露在不习惯的空气中,眨个不停。他爱死这个房间了,立刻动手打开行李。梅勒妮和芬恩离开乔纳森的房间,现在只剩他两人相处。

梅勒妮和维多利亚共享的卧房在乔纳森楼下,一间低矮的长形房间,壁纸上满是鲜红盛开的玫瑰。梅勒妮的床是光亮的黄铜床,床下有个圆胖白夜壶,夜壶底积着灰尘,显然很久没用,可能只是用作摆饰。梅勒妮发誓绝对不去碰它。一个充满樟脑丸气味的壁橱,用来给她们挂衣服。一座五斗柜漆成淡蓝色,贴着从种子包装袋上剪下的花做装饰。壁炉上方挂了一幅《世界之光》[1]复制品,镶着竹框。房里没有镜子。天花板上垂下的灯

---

[1] 英国画家威廉·霍尔曼·亨特(William Holman Hunt)的作品。画面是基督在夜间手提马灯,敲一扇关闭的门。

泡罩着圆形日式灯笼,蓝底上画着一只触手长长的绿色墨鱼,因此灯光显得冰冷刺眼。窗台上一盆天竺葵仍开着粉红花朵,窗帘是蓝白直条棉布。梅勒妮探看窗外,远远的下方有一小片围着围墙的花园,宛如城市里的丛林,黑暗中一片树丛缠绕。

"不好意思。"她说着打开行李,拿出爱德华熊放在枕头上,感觉才好些,毕竟她跟爱德华熊一起生活了十年。芬恩点起一根烟,斜靠在五斗柜上,柜子被压得有点歪。她真希望他赶快走。

"很不错的熊。"他随口闲聊,声音很轻,几乎不比窗外远处微弱传来的伦敦车声响多少。

"是过去的一个纪念品。"她说,双手紧握着毛茸茸的爱德华熊。

"但你应该已经大到不玩毛绒玩具了吧,梅勒妮?"

"我十五岁。一月就满十六了。"

"一月。哦,以十五岁的女孩来说,你长得挺快的。"他又懒懒地咧嘴一笑,那双眯着的眼睛滑溜溜地转,像盘子上的水银。她可以看见他唇齿间的舌尖。他将烟灰掸在地板上,手腕一弯,动作如音乐般完美准确。梅勒妮突然觉得呼吸困难。

他的男性特质如此明显,仿佛披着一件奢华惹眼的斗篷。他是头黄褐狮子,准备猎杀——而她是猎物吗?她想起整个夏天自己从书本和诗篇中幻想出的情人,现在那纸做的情人委顿塌倒在地,不敌这股傲慢、随意、吓人、浓重味道充满房间的男性特质。她恨它。但她无法不看他。

"你的头发很漂亮,"他说,"很漂亮。黑得像健力士啤酒,黑得像埃塞俄比亚人的胳肢窝。"

她心想,现在,他正伸出巨大的狮掌随意地逗着她玩,尽管他身上还穿着那件荒唐的消防队员外套。

"哪,梅勒妮,你为什么把头发死命绑成这样?为什么?"

"不为什么。"她说。

"你明知道这样说了等于没说。辫子绑成这样,把你的漂亮模样都弄糟了,小乖乖。过来这里。"

她没有动。他把香烟摁熄在窗台上,笑了。

"过来这里。"他又轻声说一次。

于是,她便去了。

他双手按在她肩上,仔细检视她的脸,点点头,仿佛对这张脸表示赞许,然后动手解开她头发。她脸颊发烫,屏住呼吸。她不曾离一个年轻男子这么近。油漆味与他的体味对抗,获胜了,浓重得令人几乎无法忍受。他散开她的头发,从口袋掏出自己的梳子(缺牙的黑色梳子,夹着些红头发),专心将它梳开。她看得出来,现在他不是在逗着她玩了,他四周的氛围变了,变得没那么紧张,变得寻常。他只是在整理梳松她的头发,就像个美发师。她感觉受到很大的侮辱,秘密的原因,自己心里知道,但并不明白。

"现在,你看起来就很漂亮了。"他赞许道,手掌抚过她的头发做最后修饰。"现在,我们可以吃晚餐了,你会是宴席上的美女。"

他们吃饭的餐桌是一张桃花心木圆桌,铺着硬邦邦的白布。饭厅里满是沉重的家具,大椅子和壁橱挤得人几乎难以动弹。墙上贴着很早以前的叶子图案的棕色壁纸,有湿气造成的污渍。靠墙的餐具架上,一只盛水果的木钵里放着一个大如足球、倒映出扭曲影像的女巫球[1]，沉默的瓶瓶罐罐包围左右，有番茄酱、色拉酱、H.P.酱、"爸爸的最爱"酱和 OK 水果酱，瓶侧全沾着流出来已干掉的酱渍。玛格丽特舅妈从厨房端出一个椭圆形金黄派饼，热腾腾香味四溢。弗朗西斯说了段奇怪的餐前祈祷。

"让肉体的归于肉体。阿门。"

然后，他们开动。狗趴在餐桌下，湿鼻子轮流放到每个人膝上，讨些零碎食物吃。那是只粉红眼睛的白色斗牛犬。

"这狗有名字吗？"梅勒妮问。

"有时候，"芬恩说，"它是只老狗。"

看芬恩吃饭简直像观赏芭蕾，弗朗西斯则又是用面包抹肉汁，又是手拿着骨头啃嚼，而且吃得很响，仿佛为弟弟提供交响乐伴奏。食物丰富又美味，桌上有白面包也有全麦面包、一坨坨黄色的上好奶油、两种果酱（草莓

---

[1] 英文为 witch-ball，也写作 witch's ball，是一种中空球形的玻璃装饰品，尤盛行于十八世纪的英国，起源于乡野迷信，认为将空心玻璃球挂在家中窗边可抵御女巫施咒、妖魔入侵以及其他灾厄。

酱和杏子酱),餐具架上还放着醋栗蛋糕,等他们解决掉兔肉派再来对付。

玛格丽特用棕色陶壶倒出新泡的茶,这是特别场合才用的壶,重得必须双手捧。大家喝着非常浓的茶,都在茶里加了很多糖。玛格丽特舅妈安详满足地关照着全桌人,用很能传达心意的眼神和手势要他们多吃。孩子们饿得狼吞虎咽,吃着饭心情也逐渐放松下来;梅勒妮心想,她做菜手艺这么好,一定是个好人。

等兔肉派终于和架子上的蛋糕交换位置,大家也都喝完第二杯茶,狗判断现在没食物可讨了,于是从桌下走出,三只脚着地,抓抓左耳,抖抖身体,呜呜叫着,用爪子扒地板。芬恩打开门,狗摇摇尾巴出去了。

"晚上它会自己去散个步,在附近绕一绕,撒泡尿,闻闻墙角有什么新闻,然后回家睡觉。"

"它回来的时候要怎么进门?"梅勒妮问。这狗似乎很能自得其乐。

"后门从来不关,而且花园尽头有条巷子。它就这么进来。"

"可是门一直不关,万一有陌生人,比如小偷,跑进屋里来怎么办?"

"我们欢迎所有人。"弗朗西斯说,声音因很少使用而沙哑。

饭厅里也有黑板,此时玛格丽特舅妈写道:"小娃儿该上床了。"乔纳森也想回房去做模型。众人纷纷起身,椅子向后推发出声响。梅勒妮表示要帮忙洗碗,但玛格丽特舅妈摇摇头。初来乍到的第一晚,不需要做家务。于是梅勒妮也回房了,准备稍稍整理一下行李,早点上床。她累得发抖,而且有点怕这些新认识的人,尤其是那两个男子。

玛格丽特舅妈来到两个女孩的房间,用生疏的动作替维多利亚脱衣服,尽管维多利亚完全可以自己来。不能说话的女人凝视着小孩,脸上流淌着赤裸裸的母爱,让梅勒妮觉得又尴尬又感动。她发现玛格丽特走到哪里都随身带着写字簿和签字笔。玛格丽特捏捏维多利亚肥厚的大腿(逗得维多利亚扭来扭去,尖声大笑),在本子上写给梅勒妮看:"真是个胖嘟嘟的可爱小女孩!"

"是啊,"梅勒妮说,"大家都这么说。"

"五岁吧,她是?"玛格丽特舅妈笔下流露一点爱尔兰腔调。

"五岁四个月。"

玛格丽特舅妈替维多利亚盖好被子,倾身靠在小床上方,流连了长长的一分钟,仿佛想为她唱首摇篮曲。玛格丽特的红发在头顶粗略盘了个髻,发夹不时掉落,就像白皇后[1]。一两根发夹掉进小床。维多利亚叹口气闭上眼睛。发夹如钢雨般落下。

"小孩睡觉的模样真美!"

"是,"梅勒妮说,"我想是吧。"她不想跟这个多话的哑女人长谈,只想上床抱着爱德华熊。玛格丽特舅妈黑色的弯曲字迹在纸上跳来跳去,梅勒妮的眼睛实在太累了。

维多利亚已经睡着,玛格丽特舅妈很快弯下腰亲亲她的额头,然后亲吻梅勒妮的脸颊,用荷兰娃娃似的僵硬臂膀拥抱她;舅妈的手臂像两根装了铰链的棍子,嘴唇凉凉干干的像纸,紧抿着嘴的亲吻内敛压抑却又带着某种渴切,苦苦恳求情感。她亲吻完立刻跑掉,留下梅

1　典出《爱丽丝梦游仙境》,白皇后的头发总是乱糟糟的。

勒妮惊讶地摸摸自己的脸颊。

等到梅勒妮躺在床上抱着爱德华熊,房里熄了灯,拉上的窗帘将夜安全地挡在屋外之后,她哭了一会儿,因为现在她不再睡在那张有绸缎床头板和条纹床罩的床上。但她的新床单有薰衣草味道,床脚还有一个抚慰人心的石制汤婆子[1],一部分用旧毯子包着,以免她踢伤脚趾。维多利亚的轻柔的呼吸像蜜蜂嗡嗡声,给人带来睡意,于是她睡着了,脸颊还挂着泪。

但是这一觉的质感仿佛轻纱,透着微光,她睡了好一会儿,睁开眼却感觉像根本没睡。然而房里夜色已更深,汤婆子也凉了。她打了个哈欠,懒洋洋地翻身侧卧,黄铜床呻吟一声。朦胧睡意中,她仿佛听见音乐。大概是远处的收音机吧,但这么晚应该已经没节目了啊。也许是风在电线上唱歌,但那是乡下才有的声音,而她现在在伦敦,在舅舅家。她抬起头,聆听乐声。

音乐依稀飘扬,传进屋里,是小提琴和另一种乐器,

---

[1] 指用来暖被的热水袋,现在多为橡胶制,但这里说的是石制品,显然颇为古老,也不适合称"袋",因此斟酌译为此一较古老的名称。

短笛或长笛；两者合奏得天衣无缝，仿佛一个乐器同时具有琴音和笛音。音符跳跃有如山羊，舞着自己的脉动节奏。是献给某个细致、内向、内敛的舞者的舞曲。屋里有音乐。弗朗西斯·K. 乔尔，小提琴。但吹笛子的是谁？芬恩吗？

曲调结束了，与其说是告一段落，不如说是慢下来逐渐流入沉默，仿佛乐手对这旋律感到无聊，便随意让它从指尖滑落。一阵短暂停顿，弗朗西斯开始独奏，缓慢而温柔。

梅勒妮在床上直直坐起，仿佛琴弓拉动的是她的心弦。枕头和爱德华熊都掉下地了，但她浑然不觉，只紧握双手好帮助自己承受这凄楚美丽的音乐。琴声悲叹着一切失落不再的深爱事物，表达出她原以为深沉得无从表达的哀伤，其中的悲悯令她全身振动共鸣。

这音乐把她从床上拉起，她想探寻它的源头。她起身，双脚伸进鞋子，摸索着走到门边，打开门，循着琴声线索走下楼。与她卧室相隔两层的楼梯间平台旁，厨房与餐厅相对，灯光依然大亮，音乐从关着的门后传出，愈来愈响。她跪在门旁，眼睛凑上钥匙孔，尽可能窥看房里的情景。

她第一个看见的是那只散步回来的白狗,坐在两根灯管的电暖炉前的粗布毡上,尾巴摇得闲散但有节奏,敲着地面……咚……咚咚……伴随小提琴缓慢震动空气的琴音。这是只敏感又懂音乐的狗,这景象立刻将她从高高的悲剧顶点带下来,让一切都显得比较亲切,让她感觉自己正跟如此智慧又友善的狗分享这音乐。

梅勒妮稍稍调整位置,玛格丽特舅妈出现在钥匙孔中。她坐在或说栖在一把直背椅子上,微笑着像个刚从天际落下的天使,头发松松披散在肩上,宛如燃烧的树丛。梅勒妮猜是芬恩给她解开的。在那头火般红发的映衬下,她的脸像脱脂牛奶白得发蓝,手拿一支银键黑木长笛放在膝上,边听弗朗西斯拉琴,边随手抚摸笛子。

梅勒妮再度移动,看见弗朗西斯像座提琴手雕像,只有双手是活的。小提琴抵着他下巴,琴弦下有白白的松脂碎片,他的手指在琴弦上飞舞,像盛夏白昼花圃上空的蝴蝶。那张脸粗粝沉重而有尊严。

缓慢的琴声止歇,梅勒妮叹了口气。玛格丽特舅妈双手按着弗朗西斯的手,他不动声色放下小提琴,两人对看,交流着不需言语的意义。然后玛格丽特舅妈热切地将长笛横凑在唇边,仿佛干渴欲饮。又一支舞曲。狗尾巴愈摇愈快,仿佛从粗布毡上掀起的一片迅速移动的尘埃。弗朗西斯咧嘴一笑,在头几个乐句之后便加入演奏,琴弓闪动跳跃。这回梅勒妮听见一种叮叮当当的奇怪声音,于是再次移动位置,看看是怎么回事。

是芬恩在演奏汤匙。梅勒妮从没看过有人用汤匙演奏。一对吃甜点用的汤匙背对背在他指间翻动,敲击着,发出繁复断音,不过他只能持续几分钟,然后手指头就会绕不过来,汤匙当一声停住,他会气愤地摇摇头,重新开始。芬恩演奏汤匙的技术不佳,这点就连梅勒妮也看得出来。他已经脱下那件消防队员外套,只穿着一件高领短袖的发黄羊毛衫,腋窝部分脏得厉害。他受不了自己的蹩脚技术,把汤匙丢在桌上站起来,另两名乐手瞥向他,眼神充满着期待。他走到地板中央,跪着窥看的梅勒妮也随之调整方向。芬恩跳起舞来。

他将自己优雅的体态发挥得淋漓尽致,尽管他的舞姿是形式化的,一点也不华丽夸张。他脸上表情始终没变,身体柔软得出奇,双臂松松垂在两侧,所有的个性似乎都集中在那双灵活敏捷的脚,跳着繁复多变的舞步,表达丰富又充满活力,为每一个音符都配上动作。另两人边演奏边看他跳舞,弗朗西斯发出鼓励的低哼,玛格丽特舅妈点着头,眼睛亮得像星星。

这就是红发姐弟打发时间的娱乐,当他们以为没人看见的时候。

3

呀,是谁将鲜红玫瑰种成浓密墙篱,在这一整片苍郁悠然的枝叶间,藏着,啊,何等残忍的尖刺?

梅勒妮睁开眼睛,看见玫瑰间的尖刺,森林里的睡美人从百年之夜醒来,困在迅速蔓生一个世纪的花园。但这只是她新房间的壁纸,上面印了玫瑰花,只不过她先前没注意到那些刺。熟悉的爱德华熊躺在她枕头上,六英尺外的小床那漆成白色的栏杆内,维多利亚正趴着睡觉。隐隐灰光透进窗帘,梅勒妮鼻尖冻得冰凉。

她把脸埋在爱德华熊肚子上保暖,熊毛闻起来辛涩。她想起昨天。"在老家的最后一餐",像一幅前拉斐尔派的画,三个孤儿和服丧的仆人忧郁地围坐老桌旁,使用今后再也不会用到的老刀叉。那些刀叉会怎么样,谁会想买它们?它们是不锈钢的小舢板,在别人的人生沙滩边随波晃荡,八成会被那些毫不在乎的人丢掉。他们坐在铺着格子布的桌旁,脚下是咔嗒响的瓷砖(妈妈从西班牙买回来的),一旁有座砖砌的大壁炉,挂着马具铜饰和黄铜锅,还有暖气系统的中央锅炉,里面应该生着熊熊大火。但无所谓了。那是一间那么可爱的老式厨房。曾有人拍摄她母亲在厨房穿着花边围裙做蛋糕的照片,登在报章上,那是关于名人妻子的系列报道,报道她们是谁、如何处世行事。那是一间可爱的厨房。他们在那里的最后一餐应该是某种圣礼,但维多利亚像个因纽特人把香肠的油弄得满身,因为她年纪太小不懂感伤。哦,那一切全都再见了。

他们已经来到伦敦,吃过兔肉派,还很不合宜地以音乐和舞蹈作为第一天的结束。穿着脏汗衫的芬恩跳舞,弗朗西斯拉琴拉得像魔鬼化身(魔鬼本来就是提琴手),一头火红长发宛如披肩的哑巴舅妈吹笛伴奏。或者这只是她做的梦?但如果是,又为什么会做这样的梦?而如果那不是梦,她又是怎么回到床上的?是芬恩抱她上来的吗?她想象穿着毫不优雅的法兰绒睡衣的自己,身体软得像个加了顶假发的长枕头,被芬恩抱在他年轻的窄胸膛前。芬恩看起来像半人半羊的牧神。也许他那条破旧长裤里是毛茸茸的山羊腿,长着粗毛和清楚分岔的羊蹄。只不过让他当牧神,太脏了,牧神八成常在山泉里洗澡。

"芬恩一副让人信不过的样子。"她想。他的眼神太滑溜、太邪气、太游移不定,轻微的斜视让人无法确定他在看哪里。而且他习惯张着嘴呼吸,样子难看,声音又响。他让她联想到卖晒衣夹或兜售纸花的吉卜赛人,会洗劫鸡舍,或引诱女仆或偷走晾在绳子上的衣服,或者三样全包。他让她心乱,但那种心乱的感觉并不愉快。不过他总归是年轻人,她本来一直担心这里只有一堆老人。

光线微弱,看来时间还早。梅勒妮想再睡一会儿却睡不着,只好起床。寒意浸透睡衣,她向来习惯家里有暖气,这下子得买件够厚的新睡衣才能抵御这刚开始的冬季,如果有钱可用的话。但——这念头令她难过——这个家是否有多余的钱给她零用,应付个人的小小需要,买洗发精、长袜,也许再加上面霜,诸如此类的东西?她不知道。她在睡衣外披上防水风衣,系好腰带。原来那件灯芯绒旧睡袍在父母离开之前终于小得没法穿了,但他们赶着出国,没时间给她买新的。"我们会从美国给你买件超棒的回来。"母亲承诺。

她得自行找到浴室。她很高兴自己能很快记起浴室在走廊尽头。只要知道浴室在哪,她就比较不觉得自己是个生人。昨天晚上她累得不想洗澡,所以没用浴室,现在她感觉满身都是火车的煤烟脏污,心想洗个澡也好,全身泡在热水里一定很舒服。

但浴室洗手台只有冷水。她把手伸在水流下等了很久,水却完全没变温热。她难以置信,但还是得接受事实,浴室没有热水可以泡澡或洗脸。先前,她不知道如今还有房子没有热水系统,也没想到会有某个亲戚住在这样的房子里。浴室里也没有像样的香皂。一只绘有希腊钥匙花纹的蓝白相间的瓷盘里,蟾蜍般蹲着一块用了好些时日的普通肥皂,质地粗糙发黄,满是随手用过后留下的肮脏指印,洗得她脸皮刺痛,八成会侵蚀肌肤。她感觉自己的皮肤会逐渐遭受侵蚀。冷水和肥皂,以后就只有这样了。挂在滚轮上的毛巾是条纹花色,不太干净,摸起来油腻又粗硬,她拿来擦手,毛巾和滚轮却都掉了下来。

四支开花的牙刷,粉红、绿色、蓝色、黄色,插在糊满牙膏的塑料架上。有污痕的玻璃架上,一个浑浊的玻璃杯里,一整副假牙露出没有脸的微笑,像消失的笑脸猫[1],塑料牙床是晚霞般的鲜艳粉红。梅勒妮心想,这假牙一定是菲力普舅舅的。这么说他已经回来了。

马桶水箱的管线大部分暴露在外,她拉动链子(陶质把手上的字样直截了当地吩咐她"拉"),管线轰隆发出哐当当的金属声响,足以吵醒整屋人,却没流出一滴水。她再试一次,这回,几滴水不情不愿地洒在水面上,仍没有冲动马桶,她只得放弃。马桶旁没有卫生纸,只用绳子挂着一串大略撕成四方形的《每日镜报》,一份《爱尔兰独立报》塞在马桶水管后面,显然是某人大便不通时读的。

浴室墙壁下半部分漆成深绿,上半部分是乳白,空间窄而天花板高,长窗大得不成比例,窗上镶着毛玻璃,窗内半掩着一幅印有迪士尼鱼图案的破塑料帘。浴室里没有镜子,连刮胡子时照的小镜子也没有。浴缸有四只黄铜脚爪,缸里一摊沉淀着沙粒的水,浮着一只塑料

---

[1] 典出《爱丽丝梦游仙境》,笑脸猫会逐渐消失,最后只剩微笑飘浮在空中。

小潜艇,是早餐谷片盒里附赠的玩具。浴缸上方一个大热水器,长年暴露在外的金属部分已经变成绿色。

梅勒妮尽可能快快洗,这浴室让她非常沮丧。"在老家的最后一澡",不是任何一种风格的绘画,而是卫浴设备广告册里的照片。陶瓷发出粉红光泽,柔软蓬松的毛巾和卫生纸也是相配的粉红色。海豚形水龙头哗啦啦流出充足的热水,一瓶瓶沐浴露、香水和须后水像珠宝闪闪发亮,低矮的马桶冲水完全无声,十分合宜。那简直是洁净的殿堂。母亲最爱舒适的浴室,她认为浴室非常重要。

"不许,"梅勒妮坚定地告诉自己,"因为他们的浴室这样子就哭。"

但还是很难受。她强迫自己不去想老家的浴室,不去因此想到母亲,然而现在她明白,以前生活中视为理所当然的许多事物,那些简单、窝心、家常的东西,实际上都是奢侈品。难怪他们这三个小孩没有任何遗产可继承,只能用报纸擦屁股,任娇生惯养的手指被冷水冻红,因为现在他们家下金蛋的鹅死了。

相较之下,卧室感觉起来是已经熟悉且安全的。她穿上黑长裤、巧克力色毛衣,因为这两件就放在她第一个打开的行李箱最上层。若是在家,她会在凉凉的秋日穿这身衣服,那时山丘弥漫雾气,小径上冒着烧木头的烟,还有……她看向窗外。这是个潮湿的早晨,虽然没有下雨。灰霾的一天才刚开始。

花园里枝丫乱伸的灌木还剩几片叶,毫无生气皱巴巴地挂在那里。稀疏草皮下露出一片片光秃暗褐的泥土。墙上长满爬墙虎,叶子已经掉光,光秃枝条伸展成铁丝网般复杂的网络。花园尽头有条窄巷放着垃圾箱,再过去就是一排廉价公寓粗鲁地露出凌乱的背面,拉上窗帘的窗户像瞎了眼,洗过的衣服(长裤、背心、床单、衬衫)在没有风的空气中软趴趴地挂着,晾在高处窗边以滑轮控制的晒衣绳上。锡桶像巨大的蜗牛卡在半墙,仿佛准备爬到屋顶,先暂时休息一下。这里是新的地域,她必须住在这里。

维多利亚在睡梦中翻了个身,发出咕噜声。睡得香甜的她看起来像长着细绒毛的粉嫩桃子,头发上系的蓝缎带已经发黑卷起。维多利亚在这里会变成什么样子?她是否会长成街头顽童,胶底运动鞋,不穿袜,脏污的T恤,一口伦敦口音让有教养的人听着刺耳?还有在屋檐下那船舱里的乔纳森呢？还有她自己，梅勒妮，又会变成什么样？

屋里一片安静。梅勒妮决定下楼到她还没去过的厨房探险。她想尽快熟悉这屋里的地理环境，搞清楚每一扇门后面是什么，炉子怎么点火，狗睡在哪儿，好让她觉得比较像在自己家。她必须想办法让自己觉得像在自己家，她受不了如此陌生、如此隔膜的感觉，连自己的人格都有点不牢固，仿佛在这新环境中很难认出自己。她悄悄走下铺着油布的楼梯。

厨房相当暗，因为百叶窗都拉上了。这里有陈年烟味，一些没洗的杯子整齐叠放在水槽里，但整个厨房干净得要命。这空间蛮大的，有个嵌在墙壁里的柜子，漆成深棕色，装满餐具，放着一罐子面粉和一个面包箱。食物橱高得足以容人，梅勒妮尝试走进橱内关上门，藏在凉凉的奶酪味与霉味中。他们都吃些什么？一大堆罐头，他们似乎尤其喜欢桃子罐头，摆了满满一层。豆子罐头，沙丁鱼罐头。玛格丽特舅妈买罐头一定都是一口气买一堆。橱柜里有几个存放蛋糕的盒子，梅勒妮打开其中一个，发现昨晚剩下的醋栗蛋糕，她拿起已切好的一片来吃。从食物橱里偷东西吃,已经让她感觉比较像在自己家了。她回到厨房,满身蛋糕屑。

一张刷洗干净的松木长桌,桌布(满布红褐菊花图案,就是你在喝茶时间走过别人家,可以看见窗内桌子上常铺的那种)反折起来,盖住已摆好准备早餐用的餐具,也许是防老鼠弄脏茶杯。

跟刷上厚厚一层深棕色的店面和走廊一样,厨房也是棕色,壁纸又旧又棕又亮,布满了一道道油烟。墙上又是一面黑板,写着:"准时到达。熟睡中。"菲力普舅舅一定回来得很晚,深夜或凌晨,只有玛格丽特舅妈还醒着。梅勒妮试着想象他回家时的情景,玛格丽特舅妈泡茶,他问新来的孩子们情况如何,她用自己的方式告诉他。在她的想象中,菲力普舅舅身穿那套密西西比赌徒的衣服,但梅勒妮看不清他的脸。

这厨房挤满了其他人的未知生活。一块布上的烧焦痕迹自有其秘密历史,壁炉架上一只阿尔萨斯犬的小石膏像后面插着尚未拆封的神秘邮件(壁炉架则是丑陋的现代样式,贴满浅灰棕色瓷砖)。壁炉本身显然从没用过,该放木柴和煤炭的地方散放着报纸。壁炉上方挂着一幅非常特殊的画。她拉开窗帘,好借天光把画看清楚。

画的是那只白色斗牛犬,精细逼真得惊人,粉红皮肤上每一根白毛似乎都纤毫毕露,仿佛是一根根画上去的,狗鼻子的颗粒质感也清晰可见。狗四平八稳地坐在一片毛扎扎的草地上,正面朝前,叼着一个篮子,像卖花女孩提的那种,篮里是石竹和雏菊,花朵上的露珠微微颤动。狗眼闪动着不自然的光,因为那是用有色玻璃贴在画布上做成的。狗身后一片岩岸,海里涌上一波波平行的白色浪头,天色诡谲风雨欲来,带着瘀血般的色彩,满布一道道橘色余晖。画中的狗统御全室,姿态中有种正式意味,仿佛正在守卫或放哨,那双玻璃眼睛永远保持警觉,跟家里的真狗轮流值班,而花篮只是为了让人放下戒心才塞给它的,是借来的配件,让它看起来无害。真狗此刻则不见踪影,只见水槽旁地板上放着一个装满清水的烤盘,显然它已经交班了。

画旁有一座咕咕钟,绿色小门旁雕满青绿常春藤和紫葡萄。梅勒妮正看着画中的狗,小门突然呼啦一声打开,吓了她一大跳。门里出来一只鸟,边点头边咕了七声,那是只真布谷鸟的标本,覆盖着羽毛的胸腔内装上某种发声机关。用真的布谷鸟来做咕咕钟,这构想含有一种故意标新立异的丑怪创意,是梅勒妮不曾遇过的。鸟回到小房子里,门砰然关上。她不喜欢这钟,真希望它坏掉,就不用再看见那只鸟了。她有点畏缩退却,这里一切都好不寻常,好出人意料,只有自己的两条黑裤腿和头上左右两根黑辫子是她所熟悉的。

或许她可以动手泡茶。瓦斯炉虽然很老旧,但还蛮普通常见的,有四条直直的腿支撑着。她将黑色大壶装满水,放在炉子上。喝点茶会挺不错的。她应不应该把茶端到舅舅和舅妈床上去?这样能让他们的关系有个好的开始吗?但走廊上那么多扇门,她不知道哪一扇才是他们的房间。或者把茶端给弗朗西斯和芬恩,一头红发的芬恩睡在白枕头上,像面包抹了橘子果酱?想到芬恩,她胃底升起一股奇特的震颤,一种半是害怕半是愉快的感觉。但她也不知道那两个年轻人睡在哪里。

炉旁架子上有一只茶叶罐,罐上是以仿中式风格绘饰的花园里身着和服的人。她将茶叶抓进圣灵降临节专用的茶壶,一撮、两撮、三撮,然后注入半壶热水,靠经验估算大概分量。然后她听见有人下楼,顿时僵立不动,茶壶盖还拿在手里,茶香热气迎面扑来。脚步声过厨房而不入,下楼去到店面;她以为脚步声会就此消失,但不久又回来了,还伴着啪嗒啪嗒的声响,是狗脚掌踩在油布上的声音。芬恩抱着五瓶牛奶走进厨房,狗跟在身后。梅勒妮松了口气,终于盖上壶盖。

"嗨。"她说。

"你起得真早。"他并不感意外,半睁的眼睛仍粘着眼屎,头发纠成一团,今天早上还没梳。他大大打了个哈欠,嘴张得之大,她连他一颗蛀烂的臼齿都看见了。

"你要不要喝茶?我希望这样可以。我是说泡茶这件事。"

"哦,行啊,这个时间可以。我要满满一大杯,加三颗糖。"

她心想,不知他说"这个时间"是什么意思,难道其他时候不准泡茶?她看他服衫不整,穿着灯芯绒长裤但打着赤脚,睡衣上衣没扣,不时可瞥见他雪白的胸膛。他打开电暖炉蹲在炉前,双手伸向逐渐发红的灯管。梅勒妮转开眼睛不看半裸的他,递过茶去,他尝得津津有味。狗舔了几口水,走过去一屁股坐在他身旁,抬眼望着自己的画像,若有所思,也许正在品评欣赏,或者与画像进行沉默的沟通。芬恩在睡衣口袋里摸香烟。梅勒妮被滚烫的茶烫到了嘴。茶杯上是廉价的柳树图案,但这样有居家感。

"再来点吧?"他递过茶杯,问道。茶这么烫,他怎么能喝得这么快。"喝杯茶最能让人清醒。"

在他身旁,梅勒妮清楚感觉到自己的手有多笨拙,一双长腿也没法摆得优雅,无论她再怎么努力。不过至少她的眼睛不眯,而他的斜视在早晨看起来格外明显,仿佛被睡眠更新。

"你又把头发绑起来了。"他随口说。

"这样比较方便。"她说,脸有点红。

"啊,哦,"他耸耸肩,揉去眼中的睡意,然后上下打量梅勒妮一番,猛然说,"不行,你不能这样穿!"

"什么?"

"长裤。这是你菲力普舅舅的怪毛病之一,他受不了穿长裤的女人。如果有穿长裤的女顾客来到店里被他看到,他会大吼大叫,把人家当娼妓一样赶出去。啊,有时候,情况真是糟糕透了。你知道你这样会惹他发多大火吗,梅勒妮?"

"我知道他回来了,"她说,"我在浴室里看见了他的假牙。"

"梅勒妮,你赶快上楼换条裙子好吗?否则他会把你赶出去!"

她大惑不解,低头看看自己。她穿着整齐,又没有袒胸露背,芬恩一定是在开玩笑吧。

"拜托你!"他向她请求,恳求。

"嗯……"她说。尽管这样似乎很怪。"我想你总比我了解他。"

"是的,没错。我非常了解他。"

她一手摸在门把上,稍作停留。

"除此之外,他还有没有别的规定我需要知道的?"

"可别化妆。还有,如果他没叫你说话,你就别开口。他喜欢,呃,沉默的女人。"

梅勒妮看看黑板。

"是的。"她说。

他以舞蹈般的姿态起身,给自己倒了第三杯茶。胸口从睡衣里冒出来,仿佛破浪前行的艏。他的皮肤是微带亮泽的白色天鹅绒,乳头像那只鹦哥一样的桃红,但他身上的汗味和睡意溢满了整个厨房,而且她真希望他不要张着嘴呼吸。她注意到他脚底污黑,沾满尘沙。

"快去换掉长裤,梅勒妮。"

她回房,从行李箱取出一条有褶的灰裙换上,这是非常天真无邪的女学生样式。她一时兴起解开辫子,摇松头发任其垂落耳边,就像开始服丧之前那样。维多利亚仍在熟睡。梅勒妮回到厨房,芬恩正坐在桌上看一份旧报纸,从一整条干面包上揪下一块块来吃,指头在碎散面包屑上留下灰污。狗正又啃又咬着一大块马肉,肉装在一只写有"狗"字的陶碗里。

"这样好多了。"芬恩赞许地说。他是不是也注意到她的头发了?"吃点面包吧。"于是两人吃着面包,他继续看报。咕咕钟叫出半点报时,梅勒妮惊跳起来。

"那是你舅舅做的。"

"我的天!"

"他会做的东西还多着呢,梅勒妮。"

"以前他送过我一个他自己做的玩偶盒,把我吓坏了。"

"但你总知道那些洋娃娃、竹马、娃娃屋什么的吧?"

"不知道。"她说。

"他是个大师,"芬恩说,"没人比得上他,不管是艺术还是技术上。他天赋异禀,而且他自己也知道这一点。"他想了想。"你要不要看看他的一些作品?因为要看的话,现在是最佳时机,趁屋里其他人还没起床。"

"为什么?"

"啊,这是他的毛病,他不喜欢被人检视。尤其是剧场,那是他特别私人的东西。"

"剧场? 什么样的剧场?"

"给那些木偶演戏用的。但是没人知道他在做那些木偶,那些是非卖品,是他的嗜好。"

他前襟有干掉的蛋黄,袖口又灰又破,牙齿跟弗朗西斯一样被烟熏得发黄。他又点起一根烟,是"恬静的亚顿河"牌,包装上印着罗伯特·彭斯[1]像。狗吃完早餐,叹口气在破布毡上趴下,电炉照得它身侧泛橘。

---

1 罗伯特·彭斯(Robert Burns,1759—1796),苏格兰诗人。《恬静的亚顿河》(*Sweet Afton*)是他一首著名的诗作。

"那张狗是谁画的?"

"我。"

"它——很像。"

"狗就是狗,"他说着耸耸肩,"我替他的木偶上色,画布景,给玩具着色。某些玩具。"

"你就做这个吗?"

"我在学艺。我是你舅舅的学徒,梅勒妮,"他跳下桌,"你不妨来看看。"

她不太喜欢他老是叫她名字,三个流畅的音节带着点幽默口吻,仿佛他觉得这名字很好笑。但她感到好奇,便跟去了。狗懒懒张开一只眼,目送他们平安离去。芬恩的肮脏赤脚踩在地上吱吱响,脚指甲又长又弯,让梅勒妮想起自己曾怀疑他可能长着分岔羊蹄。他的脚指甲看起来硬得能把刀锋磨钝,绝对有好几个月没剪过,甚至可能好几年。他打开一楼通往店面的门,店里拉着窗帘一片幽暗,鹦哥正在打瞌睡。

"我们先看看一两样公开出售的东西好了。"芬恩说着打开灯。"裘伊好乖。"他对叽叽咕咕醒来的鹦哥说。

"你舅舅用木头做玩具,也用一些金属,"他说,轻轻的声音毫无情绪。"你觉得这个怎么样?"

他拿起一只纸盒,取出玩具,是两只亮棕毛皮的猴子,眼睛用靴子纽扣做成。一只猴子身穿一套极为精巧的迷你细直纹西装,另一只穿着黑洋装,做工同样细致。公猴拿一把锡制小提琴,母猴拿一支锡制长笛,双双站在镶红色珐琅的锡制底座上。梅勒妮觉得不太舒服。芬恩淡淡一笑,转动发条,毛茸茸的猴子手臂动起来,锡琴弓拉过琴弦,锡笛凑上毛茸茸的猴嘴。底座内装有八音盒,发出尖细清楚、戏仿昨夜的音乐,两只猴子随音乐节拍踩踏着脚步。

"一支吉格舞曲,"芬恩说,"《通往都柏林的多岩石道路》。我真希望我现在就走在那条路上。"

梅勒妮沉默地看着玩具猴。发条机关终于逐渐停下来,鹦哥尖叫:"不卖!不卖!"

"这系列卖得很好,"芬恩说,"很受欢迎。另外还有一种是跳舞的猴子,脚踝上绑着铃铛。铃铛。"

"夜里我听见音乐。"

"是我把你抱回床上的。我们很晚才发现你,你在厨房门外的楼梯间平台上缩成一团,那情景挺感人的。"

"我还在想我是怎么回到床上的。"

"千万不要,"芬恩说着,挥去昨晚的事,"小看你舅舅。不过他也有些浪漫抒情的作品。"他从一个盒子里拿出一朵大玫瑰。

"白玫瑰。"梅勒妮说着屏住呼吸。

"怎么了?"

"哦——没什么。"

上了发条,玫瑰的硬花瓣(浆硬的帆布?硬纸板?薄木片?)优雅绽开,露出一个穿着荷叶边服饰的牧羊女娃娃,身高不超过小孩的一只手长。花心发出细小的玎玲声,牧羊女举起一腿,踮脚转圈,然后换腿,最后拉裙行礼。花瓣在她头上合起,玎玲声停。

"我们管这叫,"芬恩说,"我们的'惊奇玫瑰杯'。"他从口袋取出一块泡泡糖,打开包装纸放进嘴里。"十基尼[1]。他认为这挺美的。"他吹了个泡泡,泡泡破掉的声音就像放屁。

"很精巧。"梅勒妮迟疑地说道,不确定自己的感想。

---

[1] 基尼(guinea),英国1971年前旧币制的单位之一,相当于21先令。

"这东西很做作,但是卖得好,"他收起玫瑰,"这个比较好,是我的构想。"

他给她看一只打领结骑脚踏车的黄熊。熊骑着车在柜台上跑,不时按按车铃。脚踏车跑的路线很不规则,转一个大弯跌下柜台,在半空中被芬恩一把接住,上下颠倒,轮子还在转。这个古怪的小玩具很有巧思,梅勒妮被逗笑了,伸出手也想给它上发条。

"真高兴看到你笑,"芬恩说,"我还以为你打算再也不笑了。不过店里的东西你随时都可以看,我们还是趁现在下楼去吧,免得来不及。"

于是他们走到地下室,这是一间用石灰水粉刷成白色的长方形房间,长度相当于整栋屋子的纵深。一面墙上有一扇窗连接送煤的通道,通到屋外地面的开口处装设的铁格,那儿斜斜透进一点点天光,房里有新木材的清香和新刷油漆略显刺鼻的气味,木屑踩在脚下喳喳响。一侧墙边是木工台,挂满一条条刻好的木腿,仿佛女巫狂欢夜的分尸解体现场,另一侧墙边的工作台上溅得满是五颜六色的油漆。墙上挂着跳娃娃[1]、跳舞的熊、手舞足蹈的丑角,还有大大小小组装一半的木偶,有些几乎跟梅勒妮一样高;盲眼的木偶有些没手,有些没腿,有些穿着衣服,虽然挂在钩子上尚未完成,却有种怪异的鲜活。墙上还挂着面具,各式各样,各种色彩——荧光粉红和荧光紫里缀着深蓝和金。芬恩戴上一副面具,顿时变成魔鬼梅菲斯托,眉毛髭须又粗又密,下巴留着尖尖的山羊胡,脸上红黄斑驳,表情狰狞。

"真的头发,"他扯扯胡子,"我们制作的可是高级品。"地下室的照明是靠一根根日光灯管,照不出影子。

房间那一头有一个很大的箱型物体,地道的厚重红布帘从中垂挂下来。戴面具的芬恩走过去拉动绳索,帘幕左右分开,出现一座小舞台,硬纸板做的岩石搭设成一处洞窟,潜伏在一座仿佛有什么事即将发生的沉寂树林。一具木偶趴倒在地,身上的线缠成一团。那木偶足有五英尺高,是披着层层白色薄纱的仙女,就这么倒在

---

[1] 这种玩偶的四肢关节是活的,通常一拉头顶的线,手脚就会举起或踢起。

那里,仿佛某人操纵到一半觉得厌倦了,就这么随手丢下她走开了。她穿着紧身绸缎,一头黑长发直达腰际。

"太过分了,"梅勒妮痛苦地说,"这太过分了。"

"啊,你还没看到精彩的呢。"

她不敢看那具披挂白缎白纱倒在地上的人偶。

"我——我不喜欢这个剧场。拜托你,芬恩,请你拉上布幕。"

他迟疑着再次拉动绳索,谢天谢地,红布幕遮住了被抛弃的仙女。

"是这样,这木偶剧场可以说是他最心爱的,或者该说是最执迷的东西。你真该看看他扮演的场景!有时候他还会让我操纵木偶,那可就是我的大日子。"他的声音里带着反讽。

"这太过分了。"她又说一次。这个疯狂世界围绕着她旋转,男人女人在玩具和木偶面前显得渺小,就连鸟都是机械的,仅有的几个人戴着面具,在可怕的深夜演奏乐器,将她再度推进夜色。她又回到了夜里,那人偶就是她。她的嘴颤抖着。

芬恩看出她有多难受,轻佻的嘴角也同情地耷拉了下来,像下弦月。让她大为惊惶又讶异的是,芬恩突然满室徒手侧翻起来,戴着恶魔面具的他成了咻咻转的玩具、嘶嘶叫的仙女棒,双臂双腿转动着,在她面前倒立停止,颠倒的面具被假胡子和他的头发遮掩,发丝垂在混凝纸做的脸颊上。

"笑我呀,"他说,"我在努力逗你笑呢。"

他肮脏的双脚在空中踢动。

"我想回家。"她绝望地说,面色惨淡,一如十一月。她把脸埋进掌心,闻到近在咫尺的他的味道,狐狸般的浓重气味。他慢慢恢复正常姿势,拿下面具,尽管她没有看他。根本看不见他的脸。

"是修女带我们来的,"他说,"弗朗西斯和我,穿着我们最称身的硬邦邦衣服和吱嘎叫的鞋子。她是我们家乡那间孤儿院的修女,那些好心的修女照顾我们,那里有两百人睡在两百张床上,两百条军用毛毯盖着两百颗破碎的心。她带我们渡过爱尔兰海,全心信仰上帝,但上帝选择让她严重晕船,她在圣乔治海峡吐得死去活来,好可怜。弗朗西斯一直哭,因为是他为我们母亲合上眼睛的,因为没有别人在场。那时他才十四岁,小提琴已经拉得出神入化,可是他没办法摆脱母亲眼皮留在他指尖的触感。就像睡莲的花瓣,他一直说。白色的,湿润的,但已经死了。"

"芬恩,别说了。"她眼泪要掉下来了。但意外的是,这眼泪不再是为自己流,而是为了很久以前的芬恩和弗朗西斯,尤其是弗朗西斯。芬恩张开双臂像要拥抱她,但她仍双手握拳,努力忍住眼泪。然后头上传来一声巨响。他耸耸肩,他总是在耸肩。

"敲早餐锣了,我们得赶快上楼。吃点东西,你会感觉好一点。还有,在这栋屋子里,吃饭最好别迟到。"

楼梯上端,挡在通往厨房的楼梯间平台上,是一个巨大庞然的男人身影。他背对灯光,梅勒妮看不见他的脸,而且芬恩走在她前面,也遮住了她的视线。但男人似乎手拿一只芜菁形状的圆表,正对着表盘怒目而视,自言自语。突然楼梯间的灯亮了,喃喃声变成了咆哮。

"晚了三分钟!你还一身臭破布,蹦蹦跳跳上楼来,一副没事人的样子!我这里难道是给肮脏嬉皮住的吗?是吗?是吗?"他一掌狠狠地打在芬恩头上,芬恩摇摇晃晃站不稳,抓着扶手支撑自己,大笑起来。

"梅勒妮,这就是你菲力普舅舅!"

但她已经认出照片上的人,尽管他胖了这么多。他完全不理会梅勒妮,只紧抓着芬恩的睡衣上衣,想把它从他身上拽下来。一阵难看的扭打,芬恩扭来扭去像条鳗鱼,一条大笑的鳗鱼,因为他一直在笑。他一缩身钻过菲力普舅舅腋下,从楼梯间一座好几支挂钩的衣帽架上抓下他的蓝色外套,迅速把纽扣一路扣到脖子。

"眼不见为净。"他气喘吁吁地说。

"麦片粥要凉了,"菲力普舅舅说,"麦片粥会变凉,都是因为你迟到这么久。全世界我最厌恶的东西就是冷掉的麦片粥,除了你们乔尔家的人之外。"他补充一句:"除了你们乔尔家的人之外。"

但现在芬恩穿好了衣服,显然他气消了些。梅勒妮看到衣帽架上挂着一顶平顶卷边黑帽,就像西部片里密西西比的赌徒戴的那种。因为戴得太久,帽子的绒毛几乎都已掉光,多了一层厚厚的油亮,像一枚很旧的一分钱硬币。菲力普舅舅可能只有这么一顶帽子。

4

早餐之外,每一天的每一餐(除了偶尔喝杯茶、吃点点心)都在饭厅进行,然而饭厅却老有那种久未使用的霉味,不管他们多常坐在那里。但早餐是例外,永远都在厨房吃,尽管梅勒妮一直不知道为什么。

乔纳森和维多利亚坐在厨房,洗过冷水脸后,脸颊红红两眼发亮,面前是尚未开动的麦片粥。一定是玛格丽特舅妈叫他们起床,安排他们梳洗的。舅妈紧张地一挥细瘦胳膊,示意梅勒妮坐在维多利亚旁边。舅妈穿一件深色印花棉布的脏围裙,背后用细带系住,围裙扯歪了,底下是黑裙加毛衣。她看起来很慌张,发髻乱得简直像是在睡梦中盘的。

维多利亚围着她那件有只绿青蛙的可爱布围兜,但这顿早餐的端穆气氛、锣声和咆哮似乎把她镇住了,因为她安静得出奇,谢天谢地。如果维多利亚在早餐桌上又唱又笑,梅勒妮一定受不了,而且菲力普舅舅可能会动手打小娃儿,那样就太可怕了。乔尔兄弟坐在梅勒妮和维多利亚对面,看起来像是整洁与邋遢对比的训世图,因为弗朗西斯已经一丝不苟地穿着西装,打着一条干净绿领带,今天的领带夹是把小匕首。桌首是一张大扶手椅,菲力普舅舅严肃地坐在那里,威严统御着一盘切好的面包片和一罐橘子果酱,罐子是柳橙形状,外面黏黏的。玛格丽特舅妈缩身坐在桌尾,同时留意着壶里的水什么时候烧开。这次的餐前祈祷是另一段,不像弗朗西斯说的那么奇怪,但是很简短。

"谢我们将要吃到的。"菲力普舅舅就说到这里为止。他拿起汤匙,这是个讯号,全体一致开始进攻麦片粥。

牛奶盛在一只棕壶里,另外可以选择加糖,还是加仍装在绿金相间罐子里的金黄糖浆。芬恩独占了金黄糖浆,在碗里绣花般倒出变化多端的线条,仿佛在做梦,他没有吃。厨房一片寂静,只有弗朗西斯为麦片粥伴奏的吸溜呼噜声。芬恩继续浇出细致交织的蕾丝般图案,其他人的碗里已经空了。时间一分一秒地过去了,菲力普舅舅浓密眉毛下的眼睛朝芬恩射出美杜莎[1]的眼神。

"芬恩。"最后他终于说,口气很险恶。

"是的,先生?"芬恩伶俐地回答道,咧嘴微笑。他为什么一天到晚咧嘴笑,露出那口变色的牙齿?

"不要再玩你的食物了,该死的!"

"我只是,"芬恩说,"在设计图案。"

"不要再玩了,否则有你好看。"

玛格丽特舅妈打了个寒噤,闭上眼睛。芬恩叹口气,以快得惊人的速度吃光碗里的麦片粥,简直不像在吃,像把粥直接倒进衣服口袋似的。趁着舅舅全神贯注于麦片粥问题、紧盯芬恩之际,梅勒妮终于大着胆子看向舅舅。

他身材之庞大仍令梅勒妮震惊,在母亲结婚照片里他明明那么瘦削啊。此外,他到底多大年纪?显然比玛格丽特舅妈老——老很多,但老多少?头发看来上了年纪,但并没有变白,而是发黄,像变色的银器,仍顺滑发亮,发线分在左边,头发梳过前额。他的头发很多,而且

---

[1] 希腊神话中的蛇发女妖,眼神能使人化为岩石。

被相当虚荣地仔细整理照顾过。他上唇浓密的胡须像海象,颜色较深,带着斑驳铁灰,有些地方湿成棕色,因为浸泡在了他专用的一品脱马克杯里,杯子上用玫瑰花蕾拼写出"父亲"二字。这胡须让他看起来像史怀哲,但不像史怀哲那么慈眉善目。马克杯的大小很适合他,但款式设计错误,太可爱了,不适合他骨节凸出、满是粗糙疤痕的大手,手上的皮肤被多年上油漆刻木头的粗工侵蚀得变了色。梅勒妮想,那不是一只让人想握住的手。他的眉毛突出,就像那副梅菲斯托面具,眉毛下的眼睛一如雨天般没有颜色。

他穿着一件白得不得了的蝴蝶领衬衫,浆得如玻璃般发亮,一条细细的领带,好像从他妹妹婚礼时就不曾解开拿下来过。他没穿外套,颈间塞着一条白色亚麻大餐巾,摆出一家之主的威严坐在那里,撑开的黑色背心(光亮的背面挤出长长褶皱)上扣着一条架势十足的金表链,是维多利亚时代矿场老板喜欢的那种样式。如果矿场出了问题,他也绝对不会在乎。他的权威令人窒息,纤弱得像朵压花的玛格丽特舅妈似乎被他的存在压迫得连眼都不敢抬。她碗里的麦片粥分量少得不能再少,像给玩具熊吃的,但她吃的时间最长,凑着汤匙边缘一小点一小点抿着,直到菲力普舅舅将汤匙当啷一声丢在自己面前的空碗里,她还没吃完。

"芬恩换盘子!快!"

玛格丽特舅妈起身走到炉边,从温热的烤箱中拿出一盘盘培根和炸面包片,但芬恩闲闲地伸一伸懒腰,打了个故意夸张的大呵欠,露出鲜红隧道般的喉咙。菲力普舅舅怒目而视。

"你是故意要惹我发火吗,小子?"

芬恩堆起盘子,双手捧着斜塔似的一叠,走过菲力普舅舅宽阔的背后,趁老头看不见的时候迅速跳了个嘲弄的小舞步。其他人都没有说话,没有动。培根之后是橘子果酱,早餐就在始终如一的压迫性沉默中结束。

平常日子的早餐、午餐和下午茶用的是柳树图案的瓷器,这种杯盘家里很多,虽说芬恩和弗朗西斯有时深夜喝可可加热牛奶也会用没有花色的纯白马克杯,这些马克杯原是军用品。星期天的餐具则是一整套高级得多的纯白镶绿边瓷器,从蔬菜盘到有盖大汤碗一应俱全,是玛格丽特舅妈的母亲在爱尔兰家乡的遗物,舅妈对这套碗盘很自豪。这套瓷器住在饭厅的餐具橱里,只有餐前保温和餐后清洗的时候会出现在厨房。一段时间后,梅勒妮开始以这套绿边瓷器的出现为准,在自己脑海里划去一个个星期:"又到了星期天。"然后在星期一早上,她会看着自己面前柳树图案盘上的小桥,只希望能跑上那座桥逃离菲力普舅舅家,跑到那些柳树所在的地方。但在这第一天早上,她并没有猜想到以后会是那样。

"谢我们所吃到的。"菲力普舅舅说。他把餐巾放在盘里,椅子往后推。"芬恩,去弄得干净像样点,立刻下楼来。"

门在他身后砰地摔上。

厨房似乎明亮了些,芬恩咧嘴一笑,弗朗西斯点起香烟,两人都把椅子往后仰,只剩后两条椅脚着地。玛格丽特舅妈把水壶放在炉子上烧水,准备洗碗盘——厨房里也没有热水。孩子们出于自保,本能地靠在一起,两个小的拉着梅勒妮的手,连乔纳森也不例外。维多利亚的抽噎声清晰可闻,玛格丽特舅妈脸上掠过痛苦的表情。

"会叫的狗不咬人,他其实没那么凶。"她用粉笔在黑板上写道。

仿佛遵循某个隐晦的舞台指令,狗叫了一声。

"他连我们叫什么名字都没问。"乔纳森说,隐约感到吃惊。

"他知道你们叫什么啊。"芬恩指出,语气温和。

"你不是应该赶紧下楼吗?"梅勒妮问他。

"我总得先洗洗脸,对吧?然后刮个胡子?"

"阿好恶怕!"维多利亚抽噎着,很快对菲力普舅舅下了定论。她最近本已学会发"他"和"可"的音,现在激动起来又把它们说成了"阿"和"恶"。玛格丽特舅妈担心地一把抱起她,逗弄着。

"她不习惯听人厉声说话。"梅勒妮解释道。

"那她就得学着习惯。"芬恩说着挠挠腋下。

碗盘洗好后,梅勒妮今天要跟舅妈一起看店,弄清楚货品价钱以及东西摆放的位置;维多利亚可以跟她们待在一起,自己玩自己的。这种安排感觉还蛮家常的。乔纳森无事可做,于是请求并获准回房去做他的模型船。

"乔纳森的手很巧。"梅勒妮说。

"你舅舅一定会很高兴。"芬恩闲在一旁,等水热了刮胡子。"他可以跟我们待在一起,削一两个木偶什么的。"

"上学……"她微弱地说,擦干一支叉子。

"啊,"芬恩说,"这学期已经开学,来不及了。"

仍坐在桌旁抽烟的弗朗西斯笑了,声音像磨咖啡机那样呼咻转动,双手泡在肥皂水里的玛格丽特舅妈转过身来,伸出一根手指按在嘴唇上警告他。

"他听不见的啦,玛格,"芬恩说着从背后揽住姐姐的腰,"别紧张。"

她向后靠着芬恩,芬恩亲亲她脖子,那里有几绺无精打采的红发从发髻垂散下来。梅勒妮感觉自己好像是侵入的外人。她将自己与亲密的他们分开,走到放叉子的抽屉旁将叉子收好,然后擦干并收好刀子和汤匙,宛如上了发条专门收拾东西的娃娃,咔嗒咔嗒完成设定好的动作,简直就像已被菲力普舅舅翻修过,没有了自己的意志。

屋外是没有天气可言的伦敦的早晨,一片恶意的单调，没有出太阳，没有下雨，只是冷凉的虚无。她想，她自己心情的气候也就如此。再也不会有任何极端，一辈子都会活得这样不上不下——如果这样也算活着的话——只是拖拉着度过这令人疲倦的漫长时间，再也不会满心欢乐或深沉悲痛，因为她的血液太稀薄，承受不住这些情绪。而她才十五岁，太可怕了。

她边收拾餐具，边可怜自己，发现若将事情戏剧化，或者连续剧化，会比较容易承受。比方说，如果把菲力普舅舅看成电影里某个角色（或许是由奥森·威尔斯饰演），就比较容易面对他。她正坐在电影院里看电影，不久就会有穿着白色制服的女孩来卖冰激凌、咸味坚果和爆米花。但本月特卖什么味道也没有。她试着不去想芬恩、弗朗西斯和哑女人之间那种彼此自然流露的感情。

前天夜里，这三人融合为一，仿佛那是全世界最简单的事，变成一只全新的三头动物，安然地自言自语，那种语言用的是弗朗西斯的双手、玛格丽特舅妈的嘴唇、芬恩的手指和双脚。梅勒妮透过钥匙孔看他们，也将永远无法靠近他们，永远只能隔着钥匙孔窥视他们门后的生活。看电影就像偷窥,是通过透视别人而间接地生活。他们是一体的。乔尔一家人,温暖如羊毛。她对他们怨恨又嫉妒。"把这里当作你自己家。"怎么可能?她的疏离感全都崩塌了,突然无比渴望闯入他们的家庭电影。

但她真的想归属于这些人吗?一时间,她渴望得心都痛了——然后,同样突然地,又对他们感到厌恶。他们肮脏又庸俗。她讨厌用"庸俗"这个词,只有庸俗的人才会说别人"庸俗",这是她母亲告诉她的。但这个词很合适。

"整栋屋子里我没看到一本书,一本也没有。"只看到饭厅里一整排酱汁瓶罐,像卡车司机常去的那种小餐馆。只看到弗朗西斯把麦片粥吃得满身都是,还用烧过的火柴棒若有所思地剔牙(就像现在)。只看到芬恩脏臭的汗衫和更脏臭的睡衣。屋里唯一的画是她房里那多愁善感的老式印花壁纸,以及壁炉上芬恩的那幅狗的画,却好像哪个小孩画好挂起来献宝。还有茶,茶,茶,一天到晚喝茶,而她先前已经开始懂得欣赏世故的咖啡了。还有玛格丽特舅妈长袜上的破洞。而且厕所没有卫生纸。这一切都恶心透了,他们活得像猪一样。

但尽管如此,他们是红色的、实质的,而她,梅勒妮,永远是灰色,是影子。这都是偷穿新娘礼服那一夜的错,那一夜她嫁给了阴影,世界就此结束。现在这一切全发生在世界尽头的一处空无之中。她用湿答答的抹布擦干杯盘,因为除此之外无事可做。

然而他们是怎么保持红色、保持实质的(玛格丽特舅妈算是时实时虚吧),尽管生活在宛如《启示录》中那头野兽的菲力普舅舅的沉重压迫下?而她,梅勒妮,又怎么猜想得到舅舅竟是个声如洪钟的怪物,让人害怕,害怕他的声音把屋顶震垮、活埋他们所有人?

哦,可怜的玛格丽特舅妈,她那么温柔善良,却(大概)跟他同睡一张床,因为他们是夫妻。他制作玩具讥嘲她和弟弟无伤大雅的自娱嗜好,放声狮吼让她颤抖。而且她很想要小孩,梅勒妮看得出来,但她想要菲力普舅舅的小孩吗?玛格丽特舅妈那么想要小孩,恨不得维多利亚是她自己生的。梅勒妮当场就放弃对维多利亚的所有权了,并因此感觉压力减轻了些,像放下了一个包袱。

"或许我可以逃走。"她边想边把盘子直立,放在餐具橱的架子上。"我可以找份工作,自己一个人租间套房,就像杂志上那些故事里的女孩一样。"

在自己的小瓦斯炉上煮雀巢咖啡,孤孤单单买四分之一磅奶酪给自己吃。把一面墙漆成天竺葵红,另一面漆成矢车菊蓝,其他则漆成白色,她以前在家里就想这样做,但母亲不让。梅勒妮想到母亲,母亲的模样清楚明晰,非常小,仿佛是透过颠倒的望远镜看见的,她躺在黄沙上的飞机残骸间,身穿最体面的黑套装,戴着旅行小帽,四周散落着别人烧焦的尸块。但实际情况绝对不可能是这样。梅勒妮把杯子挂在餐具橱的钩子上,手臂一上一下、一上一下,仿佛有自己的生命,她带着些微好奇看着它。

那天上午稍晚的时候,她坐在店后小厅,从舅妈的簿子上撕下一页,依照先前的承诺写信给朗德尔太太。她啃着铅笔,吃进一些木屑。她能对朗德尔太太说什么?朗德尔太太现在已经是陌生人了(如果以前不算的话),住在远方,逐渐忘记他们,将他们收进她的过去,跟其他记忆一起塞在她那鼓胀的手提包里。

亲爱的朗德尔太太：

　　我们一路顺利，但是很累。希望你一路也很顺利。

她想了一下，然后划掉第二个"一路"，改写"旅途"，这样用词才不会一直重复。这叫作文体，学校里教的。不知怎么的，她怀疑自己再也不会回去上学了。

　　维多利亚和我住一间房。玛格丽特舅妈似乎已经很疼爱维多利亚了。

维多利亚安分得出奇，坐在玛格丽特舅妈脚旁看着火光变幻，自顾自地唱着一首没有歌词的哀歌。他们为什么不给她玩具玩？店里多的是玩具啊。

"玛格丽特舅妈是哑巴。"梅勒妮写道，然后划掉"是哑巴"，改成"人很好"，因为她突然想到，朗德尔太太先前可能已经从律师那里听说这个病，只是不知道该怎么跟三个孩子讲。

"菲力普舅舅有点古板，但我想我们一定很快"——

她强调这个词——"很快就会安顿下来"。

> 我希望你都安顿好了,也希望猫健康平安。

这是谎话,她并不希望那只猫健康平安,恨不得它死掉。她深信那猫天性邪恶,但它尽管素行不良却是朗德尔太太的宠儿,因此还是得问候一下。

> 梅勒妮、乔纳森、维多利亚敬上

她写完信,叹了口气。她得找个信封,买张邮票(邮局在哪里?),把信寄出,然后一天过去,然后朗德尔太太会在某个新家的厨房拿出眼镜来读信,厨房里有冰箱,有自动控温的烤炉,有与眼睛同高的烤架,有电动果汁机,八成还有电动咖啡机。在朗德尔太太的新家,新磨好煮好的咖啡会装在红色珐琅壶里,梅勒妮相信一定是这样。她一再想象朗德尔太太的居家模样,因为朗德尔太太曾是她家的一部分,孩子们曾在她黑色衣裙的膝上的避风港短暂地停泊过一段时间。

店门的铃铛响了,鹦哥大叫。她随舅妈把万圣节面具卖给一个穿着小小牛仔裤、鼻孔里满是煤灰的小男孩。她们把一盒又一盒面具倒在柜台上,倒在小男孩面前:有狮子,有熊,有恶魔,有女巫(淡绿色,配上真稻草做的头发)。这些面具比工作室里的那些简单得多,梅勒妮也对舅妈这么说,舅妈则写道:"那些是豪华型,这些是标准型。但请别到楼下的工作室去。"她将一副附有毛绒布耳朵的熊面具递给小男孩。

男孩乐不可支,一副接一副试戴面具,一会儿狮吼,一会儿猫叫。他约莫七岁,钱绑在手帕的一角里,梅勒妮觉得他那口扁平的南伦敦腔刺耳难听,不禁再次希望维多利亚不要学到这个腔调。他一定存了很久的零用钱,专为买菲力普舅舅的面具,这些面具一副要 19 先令 11 便士,梅勒妮觉得很贵,但小男孩爱死它们了。

他戴着条纹的老虎面具,作势要扑向柜台这一边的梅勒妮,她差点惊叫出声,但咬牙忍住。这面具很有虎威,荧光色熊熊燃烧,充满凶蛮兽性。她不认为面具是小小孩的玩具。最后小男孩数出一枚枚 6 便士和 1 便士硬币,拿起他最终选择的一副大象面具,面具附有两根非常尖利的模铸塑料象牙,还有泡沫橡胶象鼻,可以拉动一根线来控制它举起放下。梅勒妮心想,这面具看起来像发情的公象。她问他要不要用纸袋装,但他把橡皮筋往后脑勺一套就跑上街去,套头毛衣上方是个撒野的象头,新获得的象鼻一颠一颠的。玛格丽特舅妈微笑着把钱收进放现金的抽屉,那是个可爱温暖、毫无保留的笑容。

"为小朋友服务是件令人开心的事。"她写道。

"但我想一定很累人吧。"梅勒妮说。

"这里的小孩都和我熟了。"玛格丽特舅妈写道。梅勒妮心想,不知她把我的话想成什么意思了。谢天谢地,她把那些恐怖的面具收了起来。

时间过得很慢。十一点半,她们在店后小厅泡好茶,梅勒妮心想,不知自己是否得端个托盘送到地下室去,不过楼下好像有一个小瓦斯炉,供他们烧水泡茶喝。但她得把茶送到楼上乔纳森的房间,玛格丽特舅妈教她把小盘子盖在茶杯上,以防茶凉掉。

乔纳森的阁楼非常冷,寒意在他身上又咬又啃,他膝盖上的痂被冻成鲜紫色,鼻子则红通通的,看起来像擤破了皮。梅勒妮进门,他几乎头也没抬。地板上滚满一圈圈、一团团黑线,他的船骄傲地航行在土耳其地毯的条纹上,他则跪坐地编着繁复一如"猫摇篮"[1]的索具。他衣着整齐,身穿灰色法兰绒的学校制服,仿佛这是平常的上学日。短裤,外套,前襟的校徽,皱皱的灰色长袜——他昨天坐车来穿的就是这身衣服,这是过去的一抹气息。他早上起床总是看也不看就穿上前一晚脱下的衣服,除非有人在他睡觉时把床边椅子上的衣服换成另一套。

"来喝点热的。"梅勒妮说。

他没听见她说话。

"乔纳森!我端茶来给你喝了!"她把茶杯放在他身旁的地板上,碰碰他肩膀。他慢慢移下手指上的黑线,透过眼镜打量她,仿佛纳闷她是何许人也。脏兮兮的镜片很模糊,他拿下眼镜呵了口气,用那条现在变得非常

1　一种把细线套在十指上进行的游戏,借由手指在线之间的巧妙穿梭,编出各种精细的图案。

脏的手帕擦拭着。他的眼睛少了眼镜的保护,眼眶微红,让她联想到田鼠类的小动物,例如天竺鼠或鼹鼠。他重新戴上眼镜,再度审视她。

"哦,是你啊。"他说,然后看向茶杯,眼神困惑。

"喝吧,"她说,"趁茶还没凉。"

他三口喝光了茶,空杯递还给她,驯良温顺得让人害怕。他礼貌地等她离开,眼睛盯着船。她感觉自己冒昧闯入了他的世界,但他毕竟是她弟弟,她有权闯入。

"乔纳森,"她说,"你还好吗?"

他思索着这个问题,或者说看起来似乎在思索这个问题。

"什么意思?"他终于问。

"你快不快乐,或者说,有没有可能找到快乐?"

他坐着不动,双手放在膝盖上,完全不打算回答,仿佛她的问题很无聊又无关紧要。

"乔纳森,告诉我你快不快乐。"他毕竟是她弟弟,她关心他过得好不好。

"我想继续弄我的船,"他说,"拜托。"

"哦。"她无力地说道,离开了。

她沿着棕色长廊走过一扇扇紧闭的秘密的门,感觉孤单又寒冷。这是蓝胡子的城堡。梅勒妮每经过一扇门就惧怕得打个寒噤,怕门会打开,某个恐怖的巨大机械装置会转着小轮子滚过来,某种可怕笑话或丑恶的新奇作品会冒出来测试她的勇气。现在她完全孤单了,弟弟和妹妹都不再是她的,乔纳森在楼上,维多利亚在楼下,梅勒妮走在上下之间危险的路径,与两者都毫不相连。

"要是,"她想,"我不是这么年轻、没经验、得依靠别人就好了。"

夜里,门后(哪几扇门?),睡着的是舅舅和舅妈、弗朗西斯、芬恩。但现在不是睡觉时间,白天占据房间的是谁?这里是蓝胡子的城堡,或者是狐狸先生的宅邸,每一处门楣窗梁都写着"要大胆,要大胆,但别太大胆",所有衣柜和晾衣橱里都整齐堆着分尸的尸块,放在床单和枕头套上。梅勒妮知道自己在胡思乱想,知道四周只有空房间和安静的床,但恐惧仍然存在,她惊吓的双脚踩踏得人响,惊醒了回音。在厨房那处楼梯间平台上,狗稳稳坐在楼梯顶端,背着对她,挡住去路,显然正专心沉思着什么。它身上的白是种诡异的白,像《白鲸》里的白鲸,在这间棕色房子里发着白光。她吓了好大一跳。

她站在狗身后,狗没有动。她困住了。

"乖狗,"她试探道,"好狗,让我过。拜托。"

狗尾巴左右摇晃起来,发出轻微的唰唰声。

"拜托。"她又说了一次。它转过头,用闪着光的红眼睛看她。她失去理智地想:"这是哪一只,是真狗还是画里的狗?"最后,她跨过狗走下楼,有点担心狗可能会在她跨到一半的时候咬掉她的腿,但狗稳若磐石动也不动,眼睛眨也不眨地看着她,直到她走到店后的房间,关上门挡住它红色的眼神。

玛格丽特舅妈跪着,在装水的塑料碗里削马铃薯皮,维多利亚拿着一把看起来危险的小刀帮忙,两人身边是一摊摊水。玛格丽特舅妈小鸟般偏着头,以温暖柔情的眼神俯看维多利亚圆圆的头顶。至少维多利亚已经融入这里了。

不久,舅妈动手做午餐,带走了维多利亚,留下梅勒妮看店。她发现,站在柜台后也能给人一种满足感;以往她只是顾客,在柜台的另一边,负责收货。她清点抽屉里的钱,检视一捆收据,并再度确认自己知道纸袋、棕色包装纸、线绳和胶带放在哪儿。

她翻看一些存货。那些凶蛮的面具令她反感,却也吸引她,她终于试戴了一两副,但没有镜子可照,尽管她戴着不同的面具会有不同的奇怪的感觉,一会儿是猫科,一会儿是狐狸。这些面具甚至连闻起来都好像有动物的味道。然后她摸摸鹦哥的冠毛,看它叼一颗葵瓜子吃。鹦哥在栖木上横着走,缩着肩膀,抬眼狡黠地看着她,仿佛有些精彩的故事可讲,如果它高兴开口的话。

没人上门买东西。店里非常暗,整天开着灯。这里永远是冬天傍晚五点钟的景象,满室诱人的纸盒带来一种圣诞夜的气氛,一种一屋子的惊奇礼物散发的满溢着期待的气氛。她在店里感觉比在屋里开心一点,至少这里靠近通往街道的门,可以看见行人,知道别人的生活依然平静无波地继续着。

她摸着纸盒,有种偷偷摸摸的感觉,像个孩子偷翻父母藏在衣柜最上层的、包着冬青图案包装纸的礼物。她打开芬恩先前没打开过的盒盖,看得惊奇又快乐,仿佛又成了七岁小孩。

有些简单的木头玩具是给小宝宝玩的,放在架子上特定的一区。这些玩具诱人极了。带着轮子的小马用绳子拉动,有红有蓝有绿的马身点缀着黑白黄的花朵。摇起来会响的玩具做成猪和猫头鹰的形状,中空的肚子里装着干种子。哨子做成五颜六色的小鸟,从鸟尾巴部分吹。梅勒妮将一支鸟哨凑到唇边,吹出一声清越嘹亮的甜美音调。木制的翻跟斗玩具,在木支架上头下脚上地——嗨哟嗨哟!——一圈圈翻着。木头刻出的两个人轮流敲打铁砧,形式原始简朴,像最最早期的玩具。

她逐渐认出芬恩独树一帜的上色风格,在那些披戴花朵的马儿身上,在猪和猫头鹰盘状的奇怪脸上,在小鸟斑斓如孔雀的色彩里,在翻跟斗的人偶使劲的专业表情里,在敲打铁砚的人偶紧抿嘴唇的努力神色中。他画打铁的人偶画得特别用心,给他们脸上装饰各式各样的毛发,从细如铅笔线条的罗纳德·考尔曼[1]式小胡子到满是小卷卷的古代亚述人胡须。他们身上的小外套也

---

[1] 罗纳德·考尔曼(Ronald Colman,1891—1958),老牌明星,也是少数从默片时代顺利转型进入有声电影时代的演员之一。1947年,凭借《鸳梦重温》成为奥斯卡影帝。

画满不规则的线条、星星、箭头和圆点。芬恩似乎特别喜欢给小小孩玩的玩具上色。一只非常大的正方形纸盒装着挪亚方舟。这是个惊人的杰作。

她把方舟上的玩偶一个个放在柜台上。

挪亚身高六英寸,白色长胡须直垂到膝盖,脚上的雨靴真的是用橡胶做成的。挪亚一家人看起来很奇怪。挪亚太太是传统的插销形,仿佛只有这形状才完美、才适合挪亚太太,仿佛工匠试过上百种自己的新设计都不成功,最后还是采用这种形状而松了一口气。她的发髻垂在颈背,插在髻上的发簪是刻出来的,比对半切开的火柴棒还细,一张圆脸红扑扑的,带着微笑。

然而长子闪和次子含则是一副油腻腻的东方人长相,看起来像赌场或脱衣舞夜总会的老板,穿着细直纹西装,一个是黑色鬈发,一个是红色鬈发,微笑的嘴露出金牙。但是三子雅弗(她知道这个是雅弗,因为他T恤上用小字写着这名字)却百分之百是芬恩本人,连轻微斜视的眼睛都一样,穿着蓝色牛仔裤。他把自己加在方舟上,当作一种签名。她记得他说过:"我们都在一条船上,同病相怜。"哦,他在方舟上,想来可以躲过任何一场大洪水。

方舟船舱里有三十对动物,从几乎跟挪亚一般大的公狮母狮,到不比梅勒妮小指指甲大的白老鼠一应俱全,那对狮子还戴着王冠,以示它们是万兽之王、之后。她一一把玩这些动物木偶,开心得笑个不停,它们是这么小,这么漂亮,大猫们猫模猫样,袋鼠们(母袋鼠腹袋里还有只小袋鼠)完全展现出袋鼠那种很有喜感的本质特色。她把所有动物排成一长列,由狮子带头,这些上色精细的木刻玩偶就像马戏团游行。她发现自己思考的比例尺也变小了。以方舟为准,她觉得自己的双手巨大得像来到小人国的格列佛。

平底方舟的侧面画有海景,画到船身吃水载重线的高度,以无景深的方式画出遥远的深海景色,满是草莓色的鱼群、森林般的海草、爬满藤壶的岩石,这儿那里还点缀着一条丰满的美人鱼,就是水手臂上刺青的那种模样——美人鱼不是很有劲地破浪前行,就是坐在一艘沉船翻覆的龙骨上梳着长得离谱的金色头发。方舟船身是绿色,小圆窗里画有朝外张望的动物。桅杆上有个标签,定价:75基尼。

"我的天!"她惊道。

"这份工值这个价钱,"菲力普舅舅说,"东西的定价必须公平合理,这不过是基本的经济学原理。还有,请你把这些东西收好,小姐。我不喜欢别人玩我的玩具。"

"不卖!"鹦哥念诵道。

菲力普舅舅的身子满满地堵在门口。他衬衫袖子卷到手肘上,用钢环固定,身穿一件本来是白色的粗布围裙,它把他从领带结到脚踝都包了起来。那双淡色眼睛没有善意,只怒目而视,眉毛皱成一条铁棍。梅勒妮紧张地把动物收回纸盒,发出咔啦啦的声响。

"你手脚小心一点!这些东西现在可是你的饭票。"

的确如此。

头顶上传来刺耳的午餐锣声。

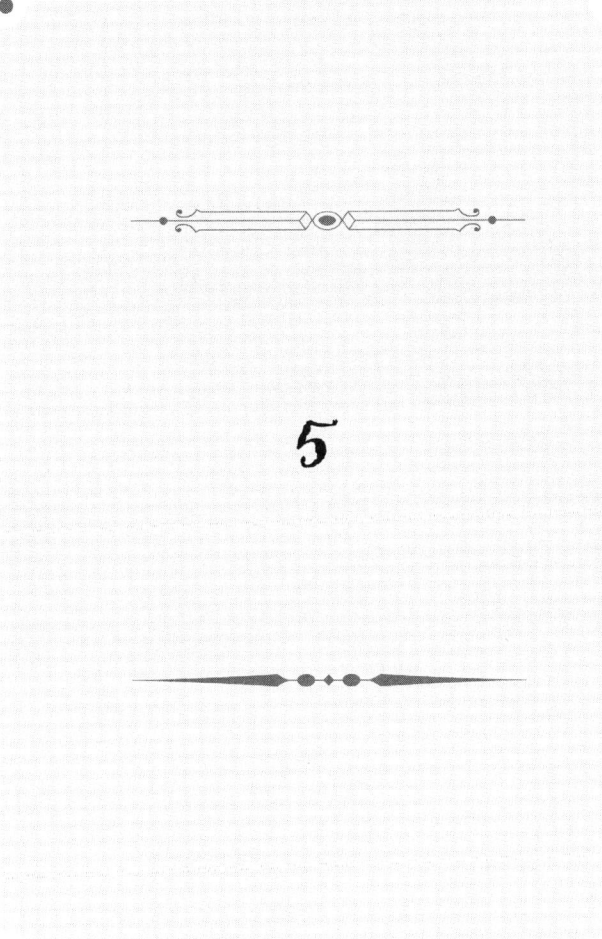

"我们这样根本就不像在伦敦。"梅勒妮说。厨房里只有她和维多利亚。"这种生活在哪里过都一样。"

"比如哪里?"维多利亚问得不甚好奇。她正坐在地上,拿汤匙刮着一罐吃完的覆盆子果酱的零星残余,头发黏成一撮一撮,嘴旁一圈果酱像起了严重红疹,衣服也抹得黏答答的。她过得心满意足,变得比以前更胖,手里总捏着一把糖果,或吃着面包加炼乳当点心,再不然就是刮着玛格丽特舅妈搅拌蛋糕料用过的碗。玛格丽特舅妈非常疼她,把她宠得不行。

"比如哪里?"果酱红的维多利亚问道。

"随便哪里都一样。"但跟维多利亚说这个没有意义,她已经忘记这里以外的任何其他地方,因为她只活在今天。

先前人家告诉梅勒妮她们即将住进一座大城市,如今她却发现自己又来到一处村落,而且是灰扑扑的村落。花家位于南伦敦郊区的山丘顶上,完全与世隔绝,梅勒妮只有买东西时才会走出屋门,挽着篮子,口袋里放着购物清单,像个法国家庭主妇。但梅勒妮从来拿不到钱,因为花家跟每一间店买东西都记账,菲力普舅舅一季结一次账,付的是支票。狗有时候跟梅勒妮一起出门,有时候待在家,有时候忙它的;这狗没有皮带或狗链拴着,但会静静跟在她身旁。维多利亚有时候跟梅勒妮一起出门,有时候待在家,但她从来没什么好忙的。现在有梅勒妮负责采买,玛格丽特舅妈就根本足不出户了。

店里的人要梅勒妮代为问候舅妈,问舅妈近来可好,就像以前梅勒妮去村里买东西时那些人问候她母亲和朗德尔太太一样。看见她臂上仍戴着黑纱,人们关心地啧啧叹息,因为他们都知道(就像以前村里那些人也会知道)这三个孩子的到来,也知道他们父母出了什么事。为了讲述他们的故事,玛格丽特舅妈一定写光了好几本簿子。

店里的人对她都很好。杂货店老板以前是军人,表情严峻,右手少了大拇指(梅勒妮纳闷,他是不是切培根不小心把手指削掉的？但她从来不敢问，怕他真的会告诉她）。杂货店老板会对她露出难得的微笑，偶尔还会送维多利亚几块巧克力，然后维多利亚回到玩具铺时就多了浓密的棕色胡须和鬓角，因为她吃东西总是吃得乱七八糟。肉店老板的平顶硬草帽虽然沾着残忍的血迹，但他是个热心肠的好人，会在她篮里装满免费骨头给狗啃，还要带她参观神秘的储藏室，那里面结满霜块，屠体侧着挂在冷藏的黑暗中。但后者她婉拒了，尽管很感谢老板的心意。

蔬果店老板娘有时会塞一把紫罗兰或者一朵不小心折断的菊花给梅勒妮，这最让她高兴。老板娘深色发肤，一副淘气模样，讲起话来甜言蜜语、有说有笑，声音低而带有鼻音，双手总是被马铃薯上的泥土弄得黑黑的。她每次看见维多利亚都送她一根香蕉，还叫梅勒妮别客气，想吃坚果尽管拿。道别时她不说再见而说"上帝保佑"，梅勒妮离开蔬果店时感觉安心，嘴里还咬着杏仁果。"真希望菲力普舅舅开蔬果店。"有次维多利亚这么说。"或者，"她又加了句，"糖果店。"

但是伦敦在哪里，大城市里人们互不相识的繁忙喧器在哪里？她可以从楼上窗户看见城市灯火,但始终无法接近。

花家的生活很封闭,晚间无人来访,白天也没人串门子,只有生意往来——卖木料给菲力普舅舅的,或者预约弗朗西斯去哪里演奏小提琴的。没有朋友,没有访客,生活是一片着了魔的沉静。这里没有电视,没有唱机,连收音机都没有,菲力普舅舅最爱安静无声。但弗朗西斯偷偷弄来一小台晶体管收音机,有时会偷听爱尔兰电台播放的音乐。

梅勒妮采买完就帮舅妈做事,不是在店里帮忙,就是写标签,或者没完没了地擦亮柜台和抽屉,这工作永远做不完,你才刚把木头台面擦得干干净净,小客人脏兮兮的手指就让一切都得从头开始。生活方式的转变之大,连她自己几乎都难以相信;有时候她擦到一半会停下来,手里抓着抹布,在鹦哥的监督眼神下脱口而出:"可是这绝不可能是我,真的不是我!"但就是。

到了晚上,茶杯收走洗干净,舅妈把维多利亚送上小床之后,梅勒妮会坐在厨房看她的旧书。她没猜错,菲力普舅舅家除了账簿没有半本书,除非乔尔兄弟俩在房间里偷藏几本。这是有可能的,但她从没看过他们读任何东西,只有弗朗西斯偶尔买份《爱尔兰独立报》放在厕所里读,就像她第一天看到的情况。他总是把报纸塞在水管后面,要是菲力普舅舅发现,就会把报纸丢在楼梯间平台又踩又跳。不久,报纸又会回到水管后面,上面多了些脚印。

她自己的书残存了唯一一箱,里面乱七八糟什么都有,包括《小熊维尼》和《杜立德医师》,她全都怀念地一读再读。她的童年似乎有一部分保存在书页间,有些上面滴了巧克力,还有些是她多年前最喜欢的部分,用糖纸和绑头发的缎带夹在书页里做标示。箱里仅有的几本大人书多半是课本,她从来不碰,《洛娜·杜恩》也收到看不见的地方,但其他书她都紧抓不舍,仿佛它们是救命绳索。

她读呀读呀读着,舅妈则补着丈夫和弟弟的袜子,或者给他们的衬衫缝上不计其数的纽扣。她也缝玩具和木偶的衣服:小小洋装和外套给拟人化的熊和猴子穿;真丝和天鹅绒的长袍、披风给店里卖的少数木偶穿;礼服和马裤则给在楼下剧场表演的高大人偶穿。她放针线活的大藤篮是弄蛇人用来装蛇的那种,篮里永远有缝不完的衣服,色彩鲜艳的布料一波波从篮里冒出,威胁着要吞掉她,但她很有气概地与之挣扎对抗,手指快得有如光速。梅勒妮心想,菲力普舅舅至少应该买架缝纫机给舅妈,这样她就不需要用手缝那些长长的接缝了。

梅勒妮和玛格丽特舅妈坐在完全的沉默中,只听见咕咕钟沉重的嘀嗒和两个音的规律报时,梅勒妮还是不习惯那钟,每次报时都被吓到。水龙头的水滴在水槽里。有时狗在屋外抓门,要她们放它进来,有时则在屋里抓门要出去;有时狗睡在电暖炉前的破毡毯上静静打鼾,或者脚爪微微抽搐,因为正在梦里追兔子。做着针线活的玛格丽特舅妈不时抬起头,对梅勒妮紧张一笑,表示友好。有时候芬恩晚上放假,就和梅勒妮用铅笔在纸上玩"战舰"之类的游戏,但通常菲力普舅舅都要芬恩在楼下帮忙制作木偶。晚上玩具都收起来了,菲力普舅舅利用这段时间制作他自己的木偶。

她只有吃饭时才会看到舅舅,但他的存在是种沉重的压迫,充满了整栋房子。她走起路来谨慎小心,仿佛他那双没有颜色的眼睛随时随地都在批判衡量她。看见他,她会不由自主地颤抖,脑海中完全无法将他和母亲连在一起,尽管这两人是一母所生。他的质地和材料似乎与她那不擅实务的温和的母亲完全不同,像是用雷电劈砍而成,她感到他周遭的空气都充满那种不理性的暴戾。有时候,芬恩那种漫不经心的叛逆态度惹火了他,他便山崩一般发起脾气,在餐桌上劈头盖脸地猛打芬恩。芬恩走出工作室时颧骨上常有瘀血,或是肿了一只眼,只因两人对手边工作的某个细节意见不合。然后玛格丽特舅妈就会哀鸣,不顾芬恩的抗议给他涂药揉搓或在破皮处贴上 OK 创可贴。但芬恩似乎从不在意,把这一切视为鸡毛蒜皮。

弗朗西斯不分日夜地把自己锁在他和芬恩共享的房间(梅勒妮发现他们就住在她隔壁)不停拉琴,除非有人找他去外面演奏,在伦敦的爱尔兰俱乐部、传统歌舞会和聚会上表演。梅勒妮上楼上厕所时,可以听见流水般的琴音在楼梯间微弱回响。有些晚上,针线活退潮到低水位,玛格丽特舅妈便悄悄上楼到弗朗西斯房间吹笛合奏。她从不邀请梅勒妮来听他们演奏。这时候,梅勒妮只有独自待在厨房,身旁是真狗和画里的狗,感觉全世界没半个人关心她是死是活。

乔纳森如今在菲力普舅舅的监督下制作模型船,并学习直接用木头雕刻船。除了浪费在吃饭和睡觉上的时间,他每一分钟都花在这项任务上,就连晚上菲力普舅舅和芬恩制作木偶的时候,他也继续做他的船,直到八点半该上床就寝。然后他会经过厨房,心不在焉地说声"晚安",除此之外,他现在跟梅勒妮几乎什么也不说了,虽然他以前话就少。

"菲力普对乔纳森很满意。"玛格丽特舅妈用粉笔在黑板上写道。

"哦,很好啊。"梅勒妮说。但她心里知道,就算乔纳森曾经属于她,现在她也已经永远失去了。

没有人有零用钱。洗发水是全家共享一瓶。梅勒妮决定不提新睡衣的事,除非现在的睡衣实在不能穿了。

这段时间,广场上槭树仅剩的叶子也已落尽,被市政府清洁工用硬扫帚扫得不见踪影。夜色来得愈来愈早,披着邪恶的雾气斗篷,像爱伦·坡笔下的人物。梅勒妮站在房里,脸贴着冰冷窗玻璃,看见的不是黯淡的后院和其他房屋背面绽出的灯光,而是老家周围树篱间逐渐红熟的浆果和闪烁霜光的原野。烧枯叶的烟呛在喉头,她戴着手套站在花园里,把面包屑和培根丢在草地上,看饥饿的鸟儿飞降下来。脑海中闪过一连串影像:灯光照着围在餐桌旁的脸,桌上是热腾腾的冬季食物,丰盛的炖菜,浇满金黄糖浆的布丁;母亲把梅勒妮的外套牢牢扣到脖子,再塞进一条围巾;起居室壁炉烧着木柴,父亲边抽烟斗边翻阅《泰晤士报》,母亲读小说,梅勒妮坐在两人间的毛皮地毯上用软皮革磨亮指甲,屋外的雨狠狠扑打在窗上,相较之下,炉火旁更是舒适惬意。

一切都丰盈、奇异而遥远,仿佛不曾发生,或者发生在其他人身上。而现在,这才是现实 —— 这栋寒冷、挑高、不方便的房子,棕色油漆带着威胁意味,穿堂风像引擎声呼隆隆。她告诉自己,这才是严苛冷酷的真实,人生的苦涩黑面包,富裕温柔的过去是微薄而不真实的。

"夏娃走出伊甸园东的时候一定就是这种感觉,"她想,"而且那都是夏娃的错。"

朗德尔太太有回信来,字体又黑又圆又端正,在纸上堂皇前进,像一辆古董级劳斯莱斯。朗德尔太太很高兴听到他们都健康并逐渐安顿下来,家人应该团聚,这样才对。她的新工作做得不错,但她想念这三个孩子。

> 我真希望我是你们的家人,这样就能帮上忙,也有权利探望你们。但我并不是,而且除了记忆之外我也没有其他家人。我什么也不能为你们做,只能在每周日祷告时祈愿你们一切安好。我要特别亲亲我的小女娃维多利亚,但致上我所有的爱给你们三个。

她所有的爱。满箱满柜满盆满橱的爱,积攒了一辈子的爱,最后终于一口气浪掷。但除此之外,她无能为力,只能在远方爱他们。圣诞节她会寄卡片来,画着叉叉代表亲吻,尽管维多利亚已经忘记她,而她也已逐渐忘记他们确切真实的存在。他们的模样在她脑海中消融,五官模糊不清,最后变得跟朗德尔先生一样微妙而暧昧;此外,他们身上还带有浪漫的忧郁色彩,因为死了父母,他们便成为梦中的孩子,善良又美丽。谁的梦?

忽隐忽现。她是不是朗德尔太太梦境的一部分？无论如何，梅勒妮还是折好这封信，收在放内裤和手帕的五斗柜抽屉里，当作一种护身符，提醒她那段过去是真实的。

星期三，店只开半天，她正要把门上的牌子翻到"打烊"那一面，一个女人走进店来看玩具。那是个昂贵的女人，一身麂皮，开车从河的北岸来。他们店总是吸引她这种顾客，而菲力普舅舅特别讨厌这种人。

"那种人，"他曾带着冷冷的愤恨说，"带来了周日彩色增刊。"

"以前有个摄影记者来过，是周日彩色增刊的记者。"一天早上，芬恩告诉梅勒妮，当时梅勒妮看着一批新的跳娃娃（穿着红外套的士兵，每一个都佩戴一排画得仔仔细细的徽章）惊呼，说这些给小孩子玩太可惜了。

"那个人想拍照做特别报道，'大人的玩具'。他说我们——你舅舅和我——是民俗艺术和流行艺术的独特结合。他说，只要我们让他报道，半个伦敦的人都会来敲门抢着买。"芬恩拉动一个跳娃娃的绳子，玩偶手臂拍动起来。"结果你舅舅砸烂了他的相机，价值两百镑的器材就这么摔下楼梯,我费尽我的爱尔兰式花言巧语,才让我们免成被告。"

"可是为什么?"

"菲力普·花是他自己的主人,他不希望他鄙视的人来买他的东西只为跟上流行。"

"我想找个漂亮的小东西。"女人说着对梅勒妮微笑,唇膏颜色是最浅最淡的橘。"让我朋友看到会说:'你究竟是在哪里找到的?'"

但梅勒妮必须为她服务,把整个柜台摆满了玩具让她挑,女人戴着麂皮手套的手抚过上了色的木头和铁皮表面,不时惊呼一句"天呀!真是精美!",最后只买了一副女巫面具。"讨厌的小气鬼。"梅勒妮心想,因为她不知不觉也染上了一点店家心态。她礼貌地包好面具,尽管她听见锣声,知道自己吃饭要迟到了。

女人的高跟人造皮靴踩着轻盈步伐离去,走向她停在公厕旁那辆手工藤编似的奥斯汀迷你车。以前家里有时会有这类女客来度周末,行李箱装满供鸡尾酒派对和晚餐场合穿的黑色小洋装。(为什么一天中最隆重的一餐若是像花家这样安排在中午,感觉就那么不同?)梅勒妮本来也很可能长成这种女人。

芬恩也迟到了,他从地下室走上来,帮梅勒妮收好凌乱的货品。尽管两人会玩"战舰",但她和芬恩在一起时总没办法完全自在。他斜视的眼神瞥掠过她,咧嘴露出微笑,仿佛知道她的某些秘密却不肯说。而且她仍然受不了他身体的肮脏,那出奇的、夸张的、几乎是充满热情的肮脏。他已经脱下沾满油漆变得僵硬的围裙,但头发上有蓝漆,双手也是蓝的,就像乘着漏斗出海的强不理一家[1]。

"今天下午我们做什么好呢?"他问得随意,仿佛他们每周三下午都一起度过。

"呃。"她说着,愣住了。

"你想不想去散步?"

"我连广场那一头都没去过。"她的语调中充满渴望。他们能不能去伦敦,去那金色的城市?

"那我们就去散步。"他的微笑几乎是甜蜜的。她有

---

[1] 这是作家爱德华·李尔一首打油诗的句子。爱德华·李尔(Edward Lear,1812—1888),英国画家,曾为伦敦动物园绘制《鹦鹉一家》(*The Family of the Psittacidae*,1832)一书的鸟类插图。

些担心,因为不知道花家的家规是否准她跟芬恩一起出门散步,而且他们现在吃饭要迟到了。但菲力普舅舅并没有坐在餐桌旁瞪着迟到的两个空位看,他的位置根本连餐具都没放,因为他需要更多木料,出门采买去了。

"老猫不在家……"芬恩说。全家有种过节的气氛,大家吃起牛排布丁[1]特别有胃口,而且一待餐后收拾干净,梅勒妮便跑上楼去梳头。她拿着发带准备重新绑辫子,突然停了手,决定只将头发披散在背后,好让芬恩高兴,尽管他是个粗人。隔壁房间里弗朗西斯正在给琴调音,琴声哀怨、断断续续。

玛格丽特舅妈和维多利亚用一套油腻的扑克牌,在厨房地板上搭起一座高高的房子。舅妈抬起头对梅勒妮微笑,指指她身上的防水风衣,扬眉表示疑问。

"我要带梅勒妮在附近参观一下。"芬恩说着抓住跪在地上的姐姐的肩膀,抱着她前前后后摇来摇去,直到她无声地大笑起来,神情像个少女。扑克牌房子的上两

---

1 这里指的应是约克夏布丁之类,搅拌面粉、牛奶、鸡蛋烤成的食物,通常配烤牛肉吃。

层垮了,维多利亚哭起来。

"走吧。"芬恩说。他穿着一件黑色塑料雨衣,一动就发出吱吱声。为了出门散步,他也梳好长发,还特别将手指上的蓝漆洗刷干净。这样一番准备令她不安:他何必费心为她打扮自己?

店家都关着门,小小的广场有种星期天的宁静气氛。他们经过时,白色斗牛犬正在忙它的,若有所思地徘徊在二手破烂店门口,抬起后腿撒了泡尿。

"乖狗。"芬恩说。它三只脚着地摇摇尾巴,但并没有跟上来,也许是不想打扰他们。

香烟店门外有一架泡泡糖贩卖机,芬恩买了泡泡糖,一人一颗。

"我已经好多年没吃泡泡糖了。"她怀疑地说。

"我吃泡泡糖只是为了惹你舅舅不高兴。"

她打开包装纸,把糖放进嘴里。

这是个阴沉的下午,路上少见行人,街道看起来瑟缩冻僵,仿佛街屋里生的火不足以让它们舒展开来。围成树篱的水蜡树没精打采的,在一年将尽的此时仍挂着绿叶令它们疲倦,其他树都已经投降缴械落光叶子了。

他们穿过一些凄凉的地方,黑人小孩坐在门口,沮丧木然得不想玩游戏,只用黑色大眼睛呆瞪着他们,眼中的热带阳光已经熄灭。他们经过的朽损门口,不时可见一辆破旧的婴儿车,里面有个小娃娃在号啕大哭。街上和乏人照料的前院里,处处可见满溢出桶外的垃圾腐烂发臭。一排排牛奶瓶里的牛奶都已结块,等着永远不会来的送奶人来回收。

"伦敦南区这一带现在变得很糟。"芬恩满嘴嚼着泡泡糖说。

"是啊。"梅勒妮说。目前为止,这趟散步并不令她愉快。

这处郊区地势高,风很大,破落的中心是陡坡上的一处广场,街道沿着陡坡向下延伸。这些街道曾经有模有样,充满金钱和闲适,屋里住着不愁吃穿的中产阶级,穿着大蓬裙的女儿可以在起居室安适地用黄檀木钢琴弹《夏日里最后一朵玫瑰》和《依然在我心深处》,钢琴上放着几支分岔烛台,烤牛肉色的饭厅则让绅士们放松心情享用醇厚的餐后波特酒,桃花心木映照出烤牛肉的炭火,一群群黑人女仆在旁料理。这些房子现在失修倾颓,是沉沉压着人类的凄惨重担,看起来仿佛正列队等收购者来拆,急切拥抱往日荣光的灭绝,以一种近乎奢侈的放任态度让毁灭进占自己。然而这里仍有以往黄金岁月种下的树,还可以看到大片天空。这是一个空气流通,几乎可说是树木葱茏的潦倒地方,鲜有车辆出入。

"当然,你以前是住在乡下。"

"但我还记得以前住在切尔西的情形。记得一点点。"

"啊,"芬恩说,"这里跟切尔西可不一样。"

"嗯。"她说。人行道上有个铁罐,她踢了一脚。罐上的标签说罐里曾装有切片菠萝。铁罐哐当当沿着街道滚去,在朽烂的红砖山墙间激起巴洛克式回音协奏曲,某家拉着肮脏蕾丝窗帘的前厅里传出婴孩的哭声。

"我们要去哪里?"她问。

"公园。"

"公园?"

"去看一八五二年全国博览会的仅存遗迹,梅勒妮,博览会就是在这里办的,伦敦外围的一个宜人的村庄,每天开来一百班特别列车。他们盖了一座哥特式大城堡,有点像苏格兰高地的堡垒,只是大得不得了,然后里面塞满了所有他们想得到的来展览的东西,各式商品啦,艺术作品啦,新发明啦。全世界的人都跑来看,就像巴黎的万国博览会,只是比较早,而且也没那么随便,"他若有所思地吹了个泡泡,"城堡是用混凝纸盖的,纸经过特别处理,经得起风吹日晒。那城堡真是太妙了。"

"后来它怎么了?"

"一九一四年有人丢了根火柴。这样就够了。城堡整个烧掉了,全欧洲都熄了灯。[1] 维多利亚时代最后的火葬柴堆。照说他们应该会想到把那纸处理得也能防火吧,可是没有。我画过一次那场大火,画成一个寓言,城堡变成胖女人,除了苏格兰格子布什么也没穿,"他又吹了一个泡泡,"是鲁本斯那种风格的寓意画。"

她脑海中看见粗鲁赤裸的女人,火焰又直又僵,就像烟火盒上画的那样。

"一定是幅与众不同的画。"她说。

"老天爷,确实没错。"他侧眼看她。她看到他在笑,

---

[1] 应是指第一次世界大战。

走在他身旁不甚自在。没有什么可说的。他们什么也没说。不久,他们来到一道坚固的围墙,墙用新的原木板搭成,一扇写着"闲人免进"的门上了牙尖齿利的锁。她放眼望去,看不见围墙尽头,墙头露出棕色的树梢摇曳着。

"就在这里面,梅勒妮。"

"可是——"

"他们打算拆掉这座公园,改建劳工公寓。但从我刚来的时候起,报上就这么说了。"

他从口袋拿出一把钥匙,打开门,两人从街道上就这么踏入一片浓密榛木丛,芬恩关上门。地面在脚底下陷,是一片被雨浸透的落叶泥泞,没了叶子的小树枝像只剩骨头的指节拂打着他们的脸。梅勒妮闻到芬恩雨衣上那令人生厌的气味,不禁牵住他的手,只求有个伴。他长茧的手掌紧握住她的手指,带她往前走,沉寂像湿的脱脂棉塞着他们耳朵。

湿淋淋的公园乏人照料,偌大土地就这么杂草丛生地瘫在这里,仿佛昏了过去。树木随便掉下大根树枝,或者甚至整棵倒下,树根掀在半空中;没人修剪的灌木和矮树丛像脱下紧身衣的胖女人一发不可收拾,许多都长成满是荆棘的杂乱陷阱。这是一处芜蔓、寒冷、潮湿的北国丛林,但芬恩步履稳健,仿佛对这片混乱的每一英寸的土地都很熟悉。他们走出树林,来到一片光秃秃的空地,软趴趴的粗草拂过他们的脚踝,这种草如果拔的时候不小心,会割破手。草地一片灰浪,延伸到什么也没有的地方,延伸到此时已逐渐落下的雾气中。没有任何动静,没有别人。

"这是一座游乐园的坟场,"芬恩说,"所以这里的绝望特别强烈。"

他们绕着空地边缘走,靠近曾经过景观设计的树林边缘,这让梅勒妮很庆幸,因为若是走在那片草海上,她会觉得太显眼、太暴露——一个明显的靶子,任随便哪个在长满苔藓的木头间轻快跳跃的人拉起弓一箭射来,但这里有掩护。芬恩扶她爬过一根倒下的树桩,上面长满黄色蕈类。

"以前这里有摊位卖咖啡、姜饼和纪念品,"他说,"帐篷里也有戏剧演出,还有到处兜售的小贩和民谣歌手,这一类的东西。还有爬着藤蔓的小凉亭,可以带女朋友去躲雨。还有一种上流社会的节庆气氛吧，我想，不过这点现在是看不太出来了。"

"这里好怪。"她说。她发现自己跟芬恩一样压低声音说话，仿佛这里有某种她不想打扰的东西。

"你看。"芬恩说着拉开几根树枝，她看见一只石雕母狮守在一处石窟口，守着小狮子。百年来风吹雨淋，让它蹲坐的下半身变成泛黑的绿，一代又一代累积的鸟屎让它圆圆的头变成白色。石雕眼珠盯着他们看，带着雕像那种诡异的盲目，仿佛永远看着另一个时空，一个一切都是雕像的时空。石雕的小狮子围在身旁攀附着它。

"它应该戴王冠。"梅勒妮说，想起挪亚方舟上那头母狮。

"马上就带你去看女王，"芬恩说，"她是荒原女王。"

他现在没咧着嘴笑了，而是处于奇特的忧郁情绪中，脚步像丝一样轻，好像尊重这地方的悲哀，不时以安抚的手势碰触一棵树或一块仍屹立未倒的石，显然是为自己的冒犯来访道歉。梅勒妮心想，不知这股绝望对他有什么意义，因为看起来这似乎意义重大。她没想到他心里有这样一片景致。他带她来看这个地方、想带她来这里,这是很深刻的友谊表示,而她仍不够在乎,因此觉得抱歉。

"这里有腐朽的死亡气味。"芬恩说着望向看不见的远方。

"那是什么气味?"

"泥巴味。"

她不在乎,因为一股冰冷的悲惨正渗进她骨髓,就像湿气浸透了她不够厚的鞋。但她仍跟着他走,否则会迷路。

"这花园里以前摆满雕像,"他说,"森林女神,女奴,伟人的半身像,伟人骑马,伟人肃立。一片精美但又有森林风味的景致,可以在乐队的演奏声中漫步。他们卖掉了一部分雕像,尽管我想不出谁会想买。但其他雕像留在这里,因为它们不忍离开。"

"你这话说得真奇怪。"她抱怨着,因为她的脚都湿了。他转头瞥她一眼,越过发亮的黑色雨衣肩头。

"你是说,就一个以前在泥地里打滚的贫民窟小子而言,我刚说的话很奇怪?"

她脸红了。

"我不时会从图书馆借书看。而且,天知道,跟你舅舅一起生活,可能学到东西了。"

地势突然下降,他们来到一片开阔平地,地上铺满黑白两色大理石方格,一道有栏杆的宽阔楼梯延伸到已经干涸的装饰用的人工湖里,雾气中的湖像一钵牛奶。楼梯旁每隔若干台阶就有一座古典雕像,披垂着蔽体的衣物,优雅正经的姿态带着一种可爱的保守端庄,尽管有些雕像少了一只手或一条手臂,有些在大自然的侵蚀之下已经没了鼻子,甚至没了整个头,而且每一座都被煤烟染黑,饱经风吹日晒雨淋。两人走到大理石地面,这里是舞池。一旁应该有弦乐团演奏一支老式华尔兹舞曲。

梅勒妮在芬恩身后几步之远,小心走着,小心只踩在白色格子里。如果她没踩到任何黑格,那么也许等她走到地板的那一端,就会打个寒噤从自己那张失去已久的床上醒来,身上盖着条纹被单,向苹果树说早安,在她没打破的那面镜子里看见自己的脸。从那天之后,她就再也没看过自己的模样。她突然恐慌起来,想起自己竟这么久没看过自己的脸。

"我还是原来的样子吗?哦,天啊,我还认得出自己吗?"

几乎是害羞地,对自己因迷信产生的恐惧感到羞愧,她用没戴手套的僵硬手指摸摸自己冰冷的脸颊和鼻子,但什么也摸不出来。

小心走,只踩白格。这一切绝对不是真的,绝对不可能正发生在她身上,她跟在芬恩身后走在白格子里,而芬恩的动作那么优雅、那么诡异,仿佛根本没有踏在地上。然而,若她踩到黑格子又会如何——这一切,这惨淡的噩梦是否会就这么继续下去,继续一辈子,六十年甚或七十年?若她踩在长出草来的裂缝上,裂缝是否会裂开将她吞没,一切也都会结束,不管这一切究竟是什么?

她终于来到草地,一路虔诚地只踩白格。芬恩如闪亮昆虫硬壳的身影仍实实在在地走在她前方,她不知该不该相信他是真的。

"就在这里。"他温柔地说。

"哦——你说的那个女王。"

舞池前方一排矮柱栏杆尽头,有一座洛可可式石基,一层层装饰华丽,像个结婚蛋糕。在一片平滑的糖霜上,有人用口红写了一句座右铭:"戈登·老二的老二真他妈的大"。

"对不起,"芬恩说,"一定是哪个破坏狂写的。"

石基上的雕像很久以前就倒在一侧,那是一座高大人像,面朝下趴在泥塘里,自恋地盯着自己。雕像拦腰断成两半,形成一个直角,雕像上满是一道道污泥和蕈类,但仍然毫无疑问地看得出是中年早期的维多利亚女王。

"以前另一端站着阿尔伯特,跟她形成平衡,"芬恩说,"但被人拿走了。我常想,不知他到哪去了。能离开唠叨不停的太太,他八成很高兴。"

他掏出一条手帕,跪下来轻轻抹去大理石苍白面孔上的一部分泥巴。梅勒妮伸出一只脚想移动雕像断裂的身躯,但雕像太重,动不了。

"我不喜欢它,"她不禁说道,"整个脸埋在泥巴里,真可怜。"

"事情就是这样。"芬恩用带着哲学意味的语调说,眼中灰绿的海水溅洒向她。

天色渐暗,夏令时好几星期前就结束了,此刻夜色逐渐掩至。雾中远处,朦胧的城市像个沾了煤灰的指印,颜色愈来愈深,依稀间亮起一些灯光。树林灌木的光秃侧影线条开始变得模糊,地板上白格子微微发亮,仿佛是西洋棋盘的幽魂。梅勒妮感到脸上溅了一两滴水——也许是雨,或者是凝结的潮湿的夜间空气,或者是芬恩眼神里溅来的海水。他拿出嘴里的泡泡糖(已经没了嚼劲),刻意黏在维多利亚女王鼓起的尊臀上,梅勒妮看见他的动作,便知道他接下来要吻她或者尝试吻她。

她动弹不得,说不出话,在难受的忧虑中等待着。如果事情要发生,那就必得发生,然后她就会知道。她现在还不知道被吻是什么感觉。至少她会多了这么一点经验,尽管吻她的只不过是芬恩。他的头发像金盏花或烛焰。看见他变色的牙齿,她打了个寒噤。

他们站在倒下的女王两旁。他一脚轻轻踏在石像臀部跳了过来,半空中突发某种古怪奇想,举起套着黑色塑料衣袖的双臂挥动着,发出乌鸦般的嘎嘎声。在他拍振衣料的拥抱中，一切都变成黑色，她吓到了，几乎要哭出来。

"嘎，嘎。"他的雨衣应和着。

"别怕，"他说，"只是可怜小子芬恩，他不会伤害你的。"

她稍微镇静了一点，但仍在发抖。她可以看见自己的脸小小地映在他那双眼瞳的水潭里，还是以前的模样。她对自己打招呼。他只比她高一点，两人视线几乎等高，她疏离地想，要是他再高三英寸就好了。或四英寸。她感觉他那野兽般的嘴轻轻呼出温热气息，吹在她脸颊上。她僵硬如木，毫无反应，任他抱在怀里，看着他眼中的自己。看见自己仍如心中想象的模样，令她感到安慰。

"哦，赶快了事吧，赶快了事吧。"她心中暗暗猛催。

他咧嘴笑着，像森林中的牧神潘恩。他吻了她，闭着眼睛，于是她无法继续看见自己。他的嘴唇潮湿而粗裂。这个吻出自谁都没差别，何况她跟他又不熟，甚至可以说毫不相识。她纳闷他干吗要这么做，把他的嘴盖在她毫无欲望的嘴上，身体轻轻摩擦着她。这是什么需要？她感觉离他很远,而且也比他优越。

她隐约想着,此情此景看起来一定十分有冲击力,像某部新浪潮英国电影里的一个镜头,紧拥在这处死去的游乐园里、断裂的雕像旁,十一月的暮色在周遭旋绕,芬恩的头发那么橘红,她的头发又是那么黑,一阵轻风的柔软小手将两人的发缠在一起,有红有黑。她真希望有人在看他们、欣赏他们,或者希望是她自己在看他们,在一百码外的灌木丛里看芬恩吻这个黑发少女。那样就会显得浪漫了。

芬恩把舌头伸进她双唇之间,在她嘴里试探寻找她的舌。这一刻压倒了她,她呛住了,挣扎着,双手握拳捶打他,这样肉欲又亲密的联结令她充满痉挛般的惊恐,这是对她身体隐私的粗鲁侵犯,这是羞辱。她身体前后摇晃,几乎要滑倒在泥泞中死去的女王身旁,但芬恩抓稳了她,不管她怎么打他,他双手轻轻握住她的肩,让她不至于跌倒。等她稍微平静下来,他慢慢放手,她往旁边走开几步,脚步不稳,双手牢牢插在口袋里,背对着他。他用手背擦擦嘴。

"看我的丰功伟业,尔等强人,小心了。"[1]他对雕像说,然后揪下泡泡糖,检查有没有脏东西,再放回嘴里。

今天的茶点是马铃薯司康饼,掰成两半,金黄中心涂着逐渐融化的奶油,另外可能还有果酱蛋挞,因为玛格丽特舅妈正在做派皮。厨房里飘满烹调的香气,灯光刺痛梅勒妮的眼,热气让她鼻子和脚趾又刺又痒。维多利亚坐在地上,拿削下来的派皮当黏土玩。

"鸟。"她对梅勒妮说,举起一团灰灰的东西。

"我想是吧。"梅勒妮说着蹲在妹妹身旁搂住她,因为她又小又圆又快乐。维多利亚扭动着。

"不要啦,"她说,"我很忙,我正在玩。"

"这只鸟做得真漂亮,"梅勒妮安抚道,"我一眼就看出它是鸟了。"

"你害我把它压扁了。"维多利亚凶巴巴说道,闹别扭地把那团派皮丢到房间另一头,正好打在睡觉的狗的身旁。狗醒过来闻了闻,一口吃掉,打了个嗝。梅勒妮

---

[1] 这里是仿照雪莱"Ozymandia"一诗中的句子:"看我的丰功伟业,尔等强人,怎能比拟!"

从没看过狗打嗝。今天还真是经历各种第一次。她仍然无力地坐在地上,玛格丽特舅妈在满是面粉的围裙上擦擦沾满面粉的手。

"散步还愉快吗?"她用粉笔写道,脸上的表情敏锐明亮,带着疑问。她是否猜到芬恩吻了她?说不定他们已经事先计划好,故意拿她寻开心——不过这样想太蠢了。

"我的脚都湿了,"梅勒妮说,"说不定会感冒。"然后感冒会变成肺炎,然后她会死掉,也不会有人在乎。

她想芬恩一定下楼到工作室去了。他进了店,但没有跟在她身后上楼来厨房。她不想看见他,不想跟他说话,只想自己一个人待在没有灯光的地方。她逃回房间坐在床上,缩在潮湿的风衣里,揪扯着袖子上黑纱的缝线。

"一开始我什么感觉也没有,是不是有毛病?然后感觉糟透了,是不是表示我有更严重的毛病,才会感觉那么差?"

或者原因在于吻她的是芬恩,而不是她以前所想象的——在她还会想象这种事的时候——那种将她抱在怀中的男人?这下子她再也没办法想象那种男人了,因为她会想到芬恩湿答答的吻。她发现自己已经把袖子上的黑纱拆得差不多,只好干脆扯掉。

窗帘摇动,帘后的天竺葵投下变幻诡谲的影子,叶片大得像伞,花朵大得像甘蓝菜。维多利亚小床的栏杆黑黝黝地充满威胁,门底下透进一丝楼梯间的灯光,像一支明亮的铅笔,随时都会蹦起来在墙上涂写出发亮的"她不正常!"为了安抚自己,她数起壁纸上的玫瑰,幽暗中勉强能看见它们厚重深色的脸。一朵玫瑰,两朵玫瑰,三朵玫瑰……第三朵玫瑰的花心有一道光线,圆形的光束。她看着那光束,一开始不甚专心,然后愈来愈好奇。墙上有个洞,隔壁房间的灯光照了进来。一个整整齐齐的圆孔。

她终于起身跪在那约莫一便士硬币大小的洞孔旁,想起第一天晚上透过厨房钥匙孔偷看乔尔姐弟,感觉自己好像老是在偷窥他们。现在她看见了乔尔兄弟卧房的未知领域,由房中央一盏没有灯罩的灯照亮。

两张白色小床,被单反折着包住缎面鸟绒被。地上一张黑棕相间的廉价地毯。一张木椅绘有城堡和玫瑰,像艘画舫,一定是芬恩的椅子。一方镜子靠在粉刷成粉红色的墙壁上,镜旁挂着一幅画。她挪动身体,以便把画看个清楚。那幅画很怪,令她难以置信。

玛格丽特舅妈坐在满是樱草花的河岸上,赤身裸体,只有肩上随意披一件鲜绿斗篷,披散在身旁的腥红头发柔和了她枯瘦的身体线条。她的阴毛像一蓬火焰,乳房仿佛正要变成玫瑰,肌肤亮白耀眼,芬恩一定是直接将白颜料挤出来就画,没有调进任何颜色。两滴饱满泪珠从她纯白的脸颊滚下,闪闪发光,因为那是两颗有切面的圆形水晶珠嵌在画布上。她头戴一顶各种奇特花朵编成的卷曲花冠,有郁金香、报春花和黄水仙,两端各系了一个绿色蝴蝶结,左右有两名丘比特抓着蝴蝶结,踢着胖胖的腿,是粉红黏土做成的低浮雕。整幅画有种秘密隐私的特质,一如以手掩口说出的低语。这必然也是某种寓言,只不过不是鲁本斯风格的。

芬恩的雨衣丢在地上,旁边是小提琴盒,形状像具侏儒棺材。然后芬恩本人出现在她的视线范围里。他头发拂过木屑扎人的地板,因为他正倒立行走。她再也不会比这更感到惊讶了。他以手代脚行走,几乎没有发出任何声响,只有手掌擦过地面像穿拖鞋走过的声音。她向后坐靠,思考着这窥孔。

这窥孔挖得很整齐、很圆,完全是有所预谋。有人挖出这个洞,为什么?想来是为了看她。因此她不只偷看别人,也被别人偷看,当她以为自己独处的时候,当她脱衣服、换衣服的时候,等等。一直以来都有人在看她,打从她住进这房子开始一直如此。他们连她的孤寂都不让她拥有,都要侵入。

她猜看她看得最多的是芬恩,除非两兄弟轮流看。但她怎么也无法想象弗朗西斯把眼睛凑上洞孔只为看她光屁股,一次也不可能——他的背太硬,脖子太僵直了。偷窥狂是芬恩,是他把舌头伸进她嘴里。她气愤得脸都红了。

"那只肮脏的禽兽,"她自言自语道,"哦,真是只野兽!"

而此时此刻,他就在隔壁房间倒立走路。她气得想直接走进他房间去指控他,但还是决定不要,因为他既滑头反应又快,而且她不想看见他。

经过一番思索,她拉过一把椅子,把外套挂在椅背上挡住洞孔。也许这样就够了。此外,她再也不会跟他去散步,尽可能不跟他独处,如果他试着跟她说话,她会用冰冷的眼神冻住他。他才不是她的朋友。隔壁房传来一串咚咚声,显然芬恩正在练习侧手翻或后空翻。

6

除了粗肥的结婚金戒指,玛格丽特舅妈只有一件首饰,一条奇特的项链。周日下午,午餐过后,她会戴上项链,换下平常的邋遢黑衣,穿上最体面的一件洋装。一星期的工作结束了,她便穿着这件难看的假日洋装等待下一个辛苦星期的开始。洋装款式古老,质料是廉价粗硬的羊毛,色调是死气沉沉的平板灰,这种色调否定了色彩,歼灭了任何美丽的可能,一种彻底气馁沮丧的灰。洋装高领窄袖,太短的袖子露出她瘦骨嶙峋、皮肤皲裂的手腕,每一处纠结的筋肉和血管都看得清清楚楚,无力伸直的瘦弱双手仿佛只是缝在袖口,根本不是她手臂的一部分。这洋装之所以最体面,是因为它是她绝无仅有的一件,此外,衣柜里只有三四条邋里邋遢的黑裙子,四五件没形没状的黑毛衣全都钩了线并逐渐解体,手肘也磨得又薄又灰白。

洋装裙摆到小腿一半,从上到下是一条长长的直线,完全不合身,挂在她身上几乎空空荡荡,只稍微碰到她瘦巴巴的腰臀。很难想象她这件洋装会是特地买来的,比方说很久以前风和日丽的某一天,她走进店里试穿了一件又一件,最后从挂满五颜六色洋装的架子上取下这件难看的灰色直筒,套在身上,在试衣室对着镜子前后照了半天,露出满意的微笑赞许地拍拍手,对自己说:"这件真漂亮,就是它了。"一头鬈发、喷着香水的售货小姐也在一旁附和:"夫人,这件真是太适合你了。"不是这样的,这洋装一定是她从别人那里接过来的,或者在二手杂物大甩卖时买下,只为了让自己除了平常永远不变的黑衣黑裙之外有衣物蔽体,再不然(最有可能)就是刚嫁过来时,在卧室柜子抽屉里发现的,由菲力普舅舅亲自选择、最适合他妻子星期天穿的衣服。

这件洋装非常寒酸老旧,一股樟脑丸味,还有多年来汗水渗进毛料的淡淡气味,但舅妈将它仔细保存得很好。再说,无论如何它总是她最体面的节日服装,因此尽管丑陋不堪,仍具备某种特有的尊严。而且不知怎么的,正因为这件不合身的洋装只能拙陋宽松地垂挂着,也因为她将它保存得这么仔细,用海绵拭去污点,又经常刷洗熨烫,穿在身上居然使她看起来年轻了许多,年轻动人。

这是好女孩上主日学可能会穿的衣服,让她看起来天真又青春。为了搭配这件洋装,她穿上破洞和绽线都仔细补好、特别留在星期天穿的长袜,以及一双圆头低跟系带皮鞋,这双鞋也很旧了,但擦得很亮,也是专门留在星期天穿的。等衣服鞋袜都换穿妥当,她便从某个盒子或某处柜子里拿出那条项链戴在颈间,这样就大功告成了。

那是条色泽晦暗的银项圈,由两块银片扣组成,镶有月长石,卡在她细瘦的脖子上,宽得几乎顶到下颚,让她很难转头。这项圈很沉重、很不方便、很值钱,看起来似乎非常古老,好像早于基督教文明,甚至搞不好比圣经大洪水还早,不过事实上当然没那么老。戴在这件扁瘦灰洋装上,它看起来既珍奇又怪异到几乎不怀好意的地步。戴上这项圈,玛格丽特舅妈得像亚述女工那样高扬着头,但她的眼神焦虑又悲哀,一点都不骄傲。

星期天,她的头发整理得比平常仔细得多,梳成滑顺的红色波鬈,再配上一身不同寻常的整齐打扮和那条高贵项链,她有了一种令人吃惊的美,如野兔般稍纵即逝,精简微薄到不能再精简。这份古怪的美持续到就寝时她将项链拿下来收好为止。每周一次她如此短暂地拥有这份诡谲的美,那模样看起来几乎令人震惊。维多利亚坐在她腿上,她又因为沉重的项圈而必须如君王般昂首,整个人宛如以纤弱少女为模特儿画成的"饥饿圣母"圣像。

项圈使她进食极端困难。星期天的茶点从来不变,永远是虾子、面包加奶油、一钵小芥菜,还有一个美味清爽的金黄海绵蛋糕——当天早上,蛋糕跟周日专属的大块烤肉一起放进烤箱,所以蛋糕带着淡淡的油脂焦味。桌上满是虾须,海绵蛋糕吃得一点渣也不剩——但尽管准备了这么丰盛的大餐,她却只能端着茶杯艰苦啜饮,拣几根小芥菜吃。菲力普舅舅面前堆满一个营的虾,剥开虾的粉红盔甲吃个不停,又大口咬着一条抹了半磅奶油的面包,还霸占着大部分海绵蛋糕,同时带着面无表情的满足感看着她,显然从她的不适中得到某种愉快,甚至觉得这景象更能促进食欲。

"他没有感情。"梅勒妮心想。但让玛格丽特舅妈看起来美丽的,正是那条沉重麻烦的君王项圈。要美丽就得受苦。项圈镶满月长石,原始又野蛮;中古世纪某位波斯王子放鹰打猎之际,身边那条獒犬可能就戴了这样一条缩小版的项圈。这不像是玛格丽特舅妈会为自己挑选的首饰,想来她应该会喜欢珍珠,就像梅勒妮行坚信礼时人家送的那条项链;或许还有莱茵石,脆弱闪亮的宝石镶成的花形胸针;以及可以打开的小小金链坠,里面放着上色的婴孩照片和柔软胎毛。但玛格丽特舅妈对自己的项圈很自豪,这是纯银的。

"这是他送的结婚礼物,"她用粉笔写道,"他自己设计、自己做的。"

"天呀,他真厉害。"梅勒妮说。

"用木头或金属,他什么都能做。也许哪天他会替你做个首饰。"

"那也不错,"梅勒妮礼貌地说道,同时暗自心想,"千万不要。"

谈起项圈,芬恩说:"是这样的,他们在星期天晚上做爱,他和玛格丽特。"他的眼神是冰冷的海水,还啐了一口,这让梅勒妮很惶惑,根本没听懂他说什么。他那坨唾沫吐在地板上,像项圈脱落的一颗月长石。

"你不太喜欢菲力普舅舅吧?"

"我有什么喜欢他的理由呢?"他说着摸摸右眼下一大块紫色瘀血。这是很糟糕的一天,他干活时凿刀不慎一滑,在手上割出一个深可见骨的伤口,因此无法继续工作。连梅勒妮在店里都听见菲力普舅舅大吼"你故意的,你这个爱尔兰杂种!",接着是沉钝的殴击声,然后芬恩脸色阴沉一言不发上楼来,一路滴着血,给她看看那个可怕的伤口,什么也没说,上楼找姐姐拿绷带。

现在,他正坐在店里柜台上,用完好的左手玩着那组拉琴吹笛的猴子,突然冒出一句"他去死吧!",一把将玩具狠狠砸向墙角。玩具撞到墙板摔落在地,碎成一堆尖锐铁片,音乐盒哐当一声就此报销。

"哦,芬恩!"

"我真恨不得把这地方全砸了。"挨了打的芬恩说。他看起来好年轻,像个小男孩,说这话的口气也是像在外面被恶霸痛揍的小男孩,完全没办法还手,只能恨对方。"我真恨不得吹呀吹呀吹倒他的房子,带着玛格远走高飞,然后她和我和弗朗西斯就可以回爱尔兰一起平静过日子,没事来点音乐跳点舞。"

"那我和两个小的怎么办?"

"啊,这我就说不上来了。大家自求多福吧。"他抱着受伤的手。那块瘀血给他的斜眼衬上了黑眼圈。"受伤不能用的难道不是我自己的右手?我画画的右手?"梅勒妮走过去把摔坏的玩具清理干净。

本来她并不想跟芬恩说话,但他跑来坐在柜台上,也就由不得她了。何况如果她再也不理他,那就完全没人可以说话,除非她跟玛格丽特舅妈的沟通也算数。而她寂寞得难以忍受。她不够勇敢,到头来还是无法完全跟芬恩断绝往来,而且他似乎假装什么事都没发生,假装他不曾用湿热的嘴碰过她。因此,过了一阵子,她便开始觉得——既然他态度友善,已经改邪归正——那件事并没有自己想象的那么过火,或者整件事根本就是她想象出来的。然而她只要移动墙前的椅子,就会看见那个窥孔,所以她没把椅子移开。

"那乔纳森呢,"她说,"菲力普舅舅打你的时候,乔纳森在做什么?"她不希望乔纳森就这么坐在那里,沉默地观看着工作室里的冷血暴力场面。

"他什么都看不见,只知道给船装索具。"

"我不希望弟弟受到惊吓。"

"大部分时间他都在想别的。你舅舅对他很满意,八成会收他当学徒的,就像当初收我时一样。他的船让你舅舅刮目相看,你舅舅说要开始做瓶中船这样新产品,乔纳森却只肯做船,但他的船做得很好。"

"他对船有点痴迷。"

"我看比较像是执迷不悟。"

"我不知道。"

"不过他才十二岁,这年纪就执迷或着迷什么东西似乎太小了。"

"大部分时间,"她慢慢说道,"乔纳森好像根本不在场。好像乔纳森到别的地方去了,留下自己的复制品,以免人家注意到他不在。他一直都是这样,从很小的时候开始。"

"他拿下眼镜的时候,眼睛碰到开阔的空气会缩会躲。"芬恩说。

"学校老师给他的评语永远都是,'乔纳森如果多用点心,成绩可以更好'。"

"还真像学校老师会说的话。梅勒妮,别担心乔纳森,他过得很满足。他是你舅舅的亲人,是花家的人,一朵花。"

"一朵花。"她说,尝到了以前从未意识到的这姓名的奇怪味道。

"一开始我还在想,这三个小孩的母亲不知是什么样,因为他们身上几乎没有半点花家人的影子,全都又乖又干净,而且擦鼻涕总是用手帕绝不会用袖子。不过现在外层的漆已经逐渐剥落了。"

"我母亲,"梅勒妮说着,艰难地回想母亲,"戴帽子,戴手套,有时候会参加委员会。"

但芬恩已经没在听她说话了,只对着自己受伤的手生闷气,眼神笼罩一层杀意。

那天晚上,梅勒妮一个人洗碗盘,因为舅妈在给维多利亚洗澡。每周一次,玛格丽特舅妈挺身对抗浴室里那乒乓怪响、满身烂疮、喷吐瓦斯火焰的热水器怪兽,全都是为了维多利亚,为了等热水器的野蛮的嘴里淌出涓涓细流——得费十分钟在浴缸里积上三英寸深、鼻涕绿、污浊微温的水——好给她洗澡。梅勒妮觉得玛格丽特舅妈实在太勇敢了,竟然忤逆那锈烂疯狂的热水器,胆敢点燃它,强迫它吐出热水或者还算热的水。梅勒妮只试过一次想放一浴缸热水,结果热水器猛烈爆响,震得架子上的牙刷都惊跳颤抖,菲力普舅舅装假牙的玻璃杯更自杀地从架子上往下一跳,在地板上弹了好几弹,幸好没摔碎。

从此之后,她只能用冷水洗澡,除非跟舅妈借水壶烧热水,在厨房里或者借用浴室狭小的洗手台,一点一点清洗身体。沾湿的法兰绒布抹过之处,露出一处处散发杏桃光泽的干净肌肤,先是一条腿,然后是另一条。她想起以前自己每天都泡在芳香的水里,又热又黏的夏天有时还一天泡两次,如今再也不能了,除非等到长大成人有自己的浴室。要把头发好好洗干净也很难。

芬恩和弗朗西斯从来不尝试点燃热水器。梅勒妮不知道芬恩怎么洗澡,什么时候洗澡,或者到底洗不洗澡;但弗朗西斯有时会用水壶和锅炉烧水,装满一个椭圆锡盆,锁起厨房门,稳如磐石地坐在那盆水里。早早把梅勒妮赶上床之后,玛格丽特舅妈也常这样洗澡。但菲力普舅舅每星期都在浴缸里泡一两次澡,他似乎对热水器有某种权威,因为他点火时热水器从不乱爆。他洗完澡,浴室就一团糟,满地都是水,毛巾也全湿透了。梅勒妮始终没搞清楚她第一天早上在浴缸里发现的那个玩具是谁的,尽管证据指向菲力普舅舅,但这实在太匪夷所思了。

然而,维多利亚每周一次的泡澡成了重要的仪式典礼,玛格丽特舅妈花很长时间全心全意投入,因此梅勒妮得一个人待在厨房。一整天的工作结束后,厨房里洋溢着温暖舒适又自得的气氛,不管是餐具橱上的锅、椅背又直又硬的椅子,还是破布毡毯,看起来全都与世无争、一片祥和。此刻,厨房是个愉快的地方,梅勒妮哼着歌把茶杯挂好,盘子立好。她打开餐具橱抽屉正要收进刀叉,却突然看见一只刚剁下来的手,剁口满是鲜血。

那是一只看起来柔软丰满的小手,手指漂亮纤细,涂了层淡淡的珍珠色指甲油,无名指戴着小女孩戴的那种细细银戒指。有这只手的小孩会去上舞蹈课,会穿荷叶边衬裙搭配同样的荷叶边内裤。手腕血肉模糊,看来似乎是用非常钝的刀或斧头砍的。梅勒妮听见血滴在抽屉里的声音。

"我要疯了,"她脱口说道,"蓝胡子来过这里。"

她关上抽屉靠着餐具橱,满身冷汗,嘴里发干。片刻后,她膝盖发软滑倒在地,伴随着餐具叮当落地的声音。房间里,所有家具都在上下舞动,椅子相互换腿,桌子跳着不优雅的华尔兹,咕咕钟一圈圈旋转不停。她躺在起伏的地面,吓得动也不敢动。

接下来,她只知道有人把一只杯子递到她嘴边,杯里装着水,加了一点点威士忌,呈淡淡的泥煤色。弗朗西斯僵硬地把她扶靠在自己臂弯,一手拿杯子,另一手拿着开了瓶的一夸脱装教师牌苏格兰威士忌。尽管他双手无暇他顾,她还是觉得很安全。她能看见他鼻孔里浅黄的细小鼻毛。她牙齿打战,磕到杯缘。

"整杯喝完吧,乖女娃。"弗朗西斯说。今天他的领带夹是圣布丽姬十字形的,灰色金属黯淡得厉害,领带上是深蓝和红色斜条。他的脸颊满是胡茬,像砂纸。他看起来就是个典型的爱尔兰男子。她很高兴是他发现了她,他还穿着他的海军蓝西装,别着领带夹。

"你是普通人呀。"她说道,祝福他。他露出那锈铁般的微笑。

"我是啊,"他说,"只是个普通的家伙。"

她把头靠在他肩上。

"我摔倒了。"

"可能是昏过去了。我进来找松脂。你躺在地上。狗在旁边闻。"他说起话仿佛从不用文字思考,得边讲边发明出这些字词,以描述脑海里那些不成形的庞大概念。

狗眼中满是担忧,鼻子凑在她掌心拱嗅,发出安抚的声音。她好不容易抬起手拍拍它的头,和这狗突然成了朋友。她小口啜饮甜甜淡淡的加水威士忌,逐渐感觉好了些。

"我还以为你应该喝爱尔兰威士忌呢。"她好奇地说道。

"都是同一回事,"他说,"不过我喜欢喝点好东西。"

他的语调缓慢、笨重,像一辆马车被一匹睿智老马拉着走过崎岖路面。她喝完杯中的水,越过杯沿对他微笑,他自己也就着酒瓶喝了一口,俯在她身上凑向酒瓶。然后他问:"怎么回事,小乖乖?"

梅勒妮一阵寒噤,梦魇般的景象又回来了。

"放刀的抽屉里有东西。我看见它在流血。"

"放刀的抽屉?但她那个抽屉里只放刀啊。玛格只把刀收在那里,毕竟那是放刀的抽屉。"

"你帮我去看一下。去看看,看它还在不在。"

"我先把你好好安放在椅子上,小乖乖。"听弗朗西斯叫她小乖乖,这对她的心脏很有好处。他轻易地就把她抱起来,放在菲力普舅舅的扶手椅上,他又拖着电线把电暖炉移到她旁边。然后他打开抽屉。她咬着嘴唇,紧张又害怕。

"什么也没有,"他说,"只有刀叉而已。还有汤匙。汤匙。你一定是眼花了。"

"你真的确定吗?我是说,你确定?"

他摇摇头,把抽屉开关了好几次,仿佛要证明它是无辜的。

"你觉得你看见了什么,女娃?"

"一只手,"她说,"砍断的。"

他惊讶地转过头来看着她。那双眼睛跟芬恩一样是灰绿色的,但带有温暖的棕色斑点,眼神坦诚地向前直视,仿佛视线笔直得看不见两旁的东西。

"真可怕!"他想了一会儿,"也许你想到芬恩的手,所以就以为看见了一只手?"

"我不知道。我不知道。"

"我帮你泡杯热茶,喝下去就舒服了。"他小心地把茶壶装满水,放在瓦斯炉上,但尽管小心翼翼,水还是泼了出来。他笨拙的身体在满心热诚的重压下折出各种角度。

"他人真好,"梅勒妮讶异地想,"我居然到现在才认识他。"

她确定自己在抽屉里看到一只手,有着粉红小指甲,其中一根手指戴着银戒指,就是第四根,那手指有一根血管直通心脏。[1] 然而弗朗西斯没有看见手,她信任他。她喝着他泡的又浓又甜的茶,他则继续检查那个抽屉,一边翻看一边啧啧出声。

"这里面,"他说,"没有任何东西会让你误认成手,除非是你心里还在难过。父母过世让你心里难过,可能就会看见幻象。这是很自然的事。"

---

[1] 这是西方传统说法,婚戒也因此戴在无名指上。

在这堆锅碗瓢盆、小狗石膏像和面包陶器之间,他显得格格不入。他是复活节岛的巨石像,拙陋古老,以一个比多数人早得多的铸模制作而成,因此你光看他的外表根本不会想到他也有颗充满爱的心。他的温柔是如此出人意料又沛然莫之能御,就像他那田野里只长石头和一点点草的家乡的春天。她喝完茶。他把茶渣倒进水槽。

"你看,"他说,给她看茶叶与杯底融化的糖形成的图案,"一艘船。这表示出门旅行。"

"我吗?"她说,掩不住声调中的渴望。

"或者某个人。啊,你身体不舒服,应该上床躺着。"

"嗯,对,"她承认,"可是你得扶我上楼,我的腿恐怕还站不住。"

房里的蓝色灯光下,一团呛人的发潮痱子粉雾中,玛格丽特舅妈给香喷喷、干干净净的维多利亚穿上睡衣,两人滚倒在梅勒妮床上,玩得正开心。满脸笑容的玛格丽特舅妈轻搔维多利亚肋骨处厚厚的婴儿肥和软软的脚底,跟她又扭又打,维多利亚乐得吱吱呱呱笑个不停,她则无声地笑得全身发抖。快乐的玛格丽特舅妈是个令人惊异的景象。她的头发散了,发夹掉得到处都是。

"梅勒妮昏倒了。"弗朗西斯说。

游戏戛然而止,玛格丽特舅妈脸上满是担忧焦虑,冲走了原来的喜悦。她不顾维多利亚的抗议将她一把抱起,只快快亲了她一下就放进小床,然后比手势要梅勒妮躺下。她抚摸梅勒妮的额头,那手触感清凉,像带着雨意的风。她满心满身都急着想说话,却说不出来。

她和弗朗西斯之间有了某种无言的沟通,那沟通太深沉太私密,不是梅勒妮能够了解的。然后玛格丽特舅妈微笑,再度摸摸梅勒妮的脸,温柔得让梅勒妮闭上眼睛,想象是母亲在抚慰自己,或者是天下任何一个母亲在抚慰任何一个孩子。但她一闭上眼就看见那只断手,像哈默电影里的定格镜头投射在她眼皮内,吓得她扭动身体哀鸣起来。

"别怕,别怕。"弗朗西斯说。他和姐姐分别站在床的左右两侧,俯身照看着她,仿佛用自己的肉身为她抵御夜色中的危难。在梅勒妮恍惚的眼里,两人仿佛融合为一,变成一道活生生的弧拱笼罩着她,让她在其下安眠。

> 马太,马可,路加和约翰,
> 请祝福我所躺的床,
> 四位天使围在我头边……

不是四位天使,而是三位。芬恩也来了,出现在床脚边。一家红发人为她燃起篝火,用火光阻退她居住的这座可怕森林中的狼虎。

"我留在这里陪她。"芬恩说。他是弗朗西斯的弟弟,哑女是他姐姐,他不可能伤害她。"只是可怜小子芬恩,他不会伤害你的。"他曾经这么说,但当时她不相信。嗯,她现在相信了。

弗朗西斯和玛格丽特分别在她双颊印下轻轻的、干干的、疼爱的一吻,然后消失不见。小夜灯亮着,大灯已关。先前她没看见小灯的光亮从何而来,那是育婴室般的纯粹火焰,在装满火柴的蓝白相间的小碟里燃烧。芬恩坐在她床边椅子上,朦胧中,他凌乱的头发仿佛散发光亮。暗影凿去他五官上的肌肤,让她看见他头颅的细致线条,那重要骨骼的坚硬神秘。他双手静静叠在膝上,绷带已经脏了。

"你的伤口痛不痛,芬恩?"她昏昏欲睡地问。

"不严重,我死不了。"

隔壁房里,弗朗西斯给小提琴调音,玛格丽特舅妈试着吹了几声笛。

"要不要我叫他们到别的地方去,免得吵你睡觉?"

"我喜欢听他们演奏。"

维多利亚在没人理会之下已经睡着,喃喃说着梦话,像蜂窝发出嗡嗡声。芬恩点起一根烟,烟雾在他四周盘旋缭绕,此刻两人亲密又接近。

"芬恩,"她开口问,因为逐渐袭来的睡意放松了顾忌,"你为什么在墙上挖洞偷看我?"

"因为你好美。"他的声音好轻好轻,嘴唇比酒还红。他仿佛就是她幻想中沉睡的新郎,她终于抵挡不住,睡着了。

此后,她便全心全意爱他们,再也没有保留。她原先不知道他们也能从三人的魔法小圈圈里伸出来手接纳别人,现在她觉得自己也成了那圈圈的一员。她尤其爱弗朗西斯，非常乐意帮舅妈替他缝补衣服，而且一有机会就替他擦鞋。她完全与乔尔家人站在一起了，他们收养了她，一见她走进房里就会露出微笑。就连跟玛格丽特舅妈一起做家务也令她感到满足。她是玛格丽特舅妈的帮手。一天，她们正在做饭，玛格丽特舅妈用粉笔写道："我真不知道你来之前我怎么忙得过来。家里有另一个女人，感觉真好。"

梅勒妮胡乱转着水槽的水龙头，掩饰自己不好意思又高兴的心情。她对舅妈怜惜极了，弟弟们不在场时她的沉默是如此挥之不去。

"她一定是为了弟弟而活的，"梅勒妮心想，"她嫁给菲力普舅舅，一定是为了要给年纪还小的他们找个家。她怎么可能会对那个男人有任何感情？"

菲力普舅舅从不跟妻子说话，只对她简短吠几句命令。他给她一条勒得她喘不过气的项链，殴打她弟弟，他所到之处空气为之冰冷。他眼神空洞巍然坐在餐桌首位时，连她烹调的美食都变得没滋没味。他压抑笑语。梅勒妮看见断手的那天晚上就选好了，她开始恨菲力普舅舅。

而且他至今不曾叫过梅勒妮的名字,甚至不曾表现出知道维多利亚的存在。早餐桌上他怒目扫视她们,熄灭了厨房里的愉快气氛;下午茶时间他狠狠瞪着她们,仿佛要检视这一天下来她们变成什么样。他仅仅坐在那里,就足以让餐厅变得冰冷寡欢,像商业旅社的房间。他知道外甥女住在家里,也看见她们,但从不跟她们说话,他有别的事要忙。

不久后,梅勒妮就知道那是什么事了。

一天,她正在准备晚餐要吃的球芽甘蓝,照舅妈教她的方式在每一棵底下都交叉割两刀。玛格丽特舅妈那天坐立不安,打毛衣时老掉针(她正在替维多利亚打一件安哥拉毛的黄毛衣),店门铃铛一响,或者鹦哥自言自语嘟囔一下,都会让她惊跳。现在她正紧张慌乱地切着羊排,切去硬硬的白色肥肉,因为菲力普舅舅不能容忍油腻。她不时瞥向梅勒妮,嘴巴开合,神态惶惑犹豫,最后似乎终于受不了了,丢下刀抓起粉笔。

"明天有演出。"她写道。今天她两只袜子都有绽线,髻上的发丝向四面八方乱翘。

"什么意思?"

"木偶。木偶戏。我们必须全体到场,赞赏那些木偶。这是个很特殊的场合,因为你们三个孩子还没看过。"

"哦,"梅勒妮说,"去看看也好,换个口味。"她又割了一颗甘蓝,模糊揣想那演出是否有宗教意味。他们是爱尔兰人,是不是信天主教?但据她所知,他们从没上过教堂。她对那些木偶不感兴趣,因为是菲力普舅舅做的。玛格丽特舅妈手抹黑板,好腾出更多空间写字。

"你不明白,这对他是非常重要的大事!"

"这样啊。"梅勒妮说,摸不着头脑。不过是场木偶戏罢了,这么大惊小怪!

明天是星期天,午餐吃烤肉,不需要看店。玛格丽特舅妈叫她换上最好的行头,梅勒妮便穿了一件不曾在舅舅家穿过的洋装,是昔日最体面的一件,深绿灯芯绒,领口滚蕾丝。这件洋装在橱子里没精打采地挂了将近三个月,现在她觉得自己够坚强,可以抖落洋装里的回忆了。上次穿这件洋装是在风狂雨骤的、充满粉红色与白色的复活节假期,她抚平裙子,再度希望能照镜子看见自己,看自己从那时到现在长高了多少,或者看自己有没有变老一点,有没有任何改变。她把头发梳散,好让芬恩高兴。她看得出自己的头发长了大约半英寸,摸起来又粗又干,因为她如今已无法好好洗头,只能倒壶热水在厨房水槽凑合着洗,而且头发这么长尤其麻烦。剪短会比较方便,但这头发有好长一部分都是父母仍在世的时候长的,全剪掉感觉仿佛背叛他们。她的头发总是不太干净,但她已经逐渐习惯全身上下都总是不太干净了。

　　午餐后,舅舅和芬恩又回到楼下工作室,舅妈穿戴上灰洋装和银项圈,梳起头发。维多利亚脏兮兮的围兜被拿掉了,露出满是小花的维也拉[1]洋装,脸上沾的巧克力布丁也用海绵擦拭干净。乔纳森的脖子和耳朵经检查是干净的,但保险起见还是用湿毛巾再抹过一次,舅妈也吩咐他换了件新衬衫。弗朗西斯出现了,别着竖琴形状的领带夹,提着小提琴盒。

　　"我喜欢你这枚竖琴。"梅勒妮说,因为爱他。

　　"圣帕特里克节的礼物,"他说,"达格南爱尔兰俱乐

1　英国的一个老字号品牌。

部送的。"

他们都准备好了,打点得干干净净,像要上教堂,周日专属的整洁。众人鱼贯下楼,狗跟在后面,一副尽分内职责的模样。工作室收拾得一丝不乱,木偶戏台前放了一排四把椅子,是从店后小厅拿来的直背椅。从刚来的那天早上之后,梅勒妮便不曾进过工作室,此刻她试着不去看挂在墙上那些还没组装好、肢残体缺的木偶。富丽的红布幕鼓胀着,幕后传来砰砰咚咚的声响。众人端正就座,理理身上的体面衣裳。布幕上挂着一个牌子,用红漆写着"禁止吸烟"。墙上一幅色彩鲜浓的海报宣布:"盛大演出——花氏木偶小世界。"海报上有个巨大人形一手握着地球,从胡须和大翻领上能看得出是菲力普舅舅。一定是芬恩画的。

芬恩穿过布幕走出来,神情紧绷专注,关上灯匆匆回到戏台。布幕上方传来闷吼:"拉你那该死的琴啊,弗朗西斯·乔尔!否则我养你干吗?"

弗朗西斯调好音,出人意料地演奏起茶室味道的音乐,梅勒妮惊讶地瞥了他一眼,但他的脸是没有表情的活岩石。布幕拉开,露出梅勒妮先前看过的那处孔雀色彩的石窟。此刻石窟打着惨绿灯光,穿白色芭蕾舞衣的木偶面对他们笔直站着,头发梳成芭蕾舞者式的髻,木雕嘴唇固定露出极度甜美的微笑。交错杂陈的线拉着她,她一踮脚,单腿着地,旋转起舞。

在弗朗西斯的琴音中,菲力普舅舅大声念道:"Morte d'une Sylphe,也就是'森林精灵之死'。"然后以清晰可闻的声音自言自语:"可怜的小女孩。"这么说来,他也是个有感情的人,某些时候。

木偶展开双臂,腿朝后一踢。玛格丽特舅妈使劲鼓起掌来,同时用手肘碰碰梅勒妮,示意两人一起拍手,在这片海底幽暗中像海草般摆动。玛格丽特舅妈停止拍手,梅勒妮也跟着停了。

现在木偶双手举过头顶,左右摇摆,木头双脚(穿着粉红绸缎舞鞋)在木头地板上发出咔嗒声。灯光颜色愈来愈深,直到她看起来像个装在绿色玻璃瓶里的芭蕾舞者。她的木头双手捂在心口,头向后向上仰,同时各种形状、大小、颜色的纸剪叶子自上空飘落。

"这小姐好奇怪。"维多利亚的说话声清晰可闻,玛格丽特舅妈连忙剥一颗太妃糖塞住她的嘴。

"随着秋季到来,"菲力普舅舅朗诵道,"森林精灵感觉自己逐渐接近生命的尽头。"

玛格丽特舅妈鼓掌。梅勒妮鼓掌。然后停止。哀怨的琴声如泣如诉。精灵最后一次试着摆出单脚站立、一手前伸、另一侧手脚向后伸的舞姿,但她衰弱的心脏承受不住了,于是她在水流倾泻般的白纱中优雅倒地,纷纷落下的叶很快便积满石窟。灯光熄灭,布幕合上。弗朗西斯拉出最后一声悲切琴音,放下小提琴。

梅勒妮和玛格丽特舅妈拼命鼓掌,拍得手都痛了。布幕拉开,精灵又活了过来,微笑着僵硬行礼。布幕合上,梅勒妮和玛格丽特舅妈继续鼓掌,幕再度拉开,菲力普舅舅站在木偶旁边,露出自豪的微笑。是的,微笑,咧嘴笑得像只鲨鱼,梅勒妮联想到那些空中飞人玩偶脸上职业性、表演式的贫瘠微笑。他一身铁锈色盛装,条纹长裤加正式外套,钮孔插一朵白色康乃馨,一个直接戴上的现成领结。康乃馨是假花。那身陈旧衣服看起来像没穿过,仿佛多年来都泡在福尔马林里保存。这就是他木偶戏班主的打扮。

此刻,精灵危险地摇晃着,因为在上方控制她的是芬恩。她摇晃着撞到菲力普舅舅,他的愉快表情立刻像砖头落地。他朝上方的芬恩凶狠作势,挥舞拳头。芬恩操控木偶缺乏经验,技术不佳。

"小心点,芬恩小子!"

玛格丽特舅妈连忙从带在身边的一个袋子里取出一束纸花,抛上舞台,花束掠过木偶的头,落在地上。菲力普舅舅捡起花,利落插进木偶的木头胸部和白绸紧身上衣之间的缝隙。又两次谢幕之后,他吼道:"开灯!"弗朗西斯打开工作室的灯,整场表演大概只有七分钟。

"完了吗?"梅勒妮低声问。

舅妈强调地摇摇头,将一颗太妃糖塞进她手里,手指轻轻按了按。糖纸上潦草写着:"假装很喜欢的样子,为了我,也为了芬恩。"梅勒妮为了让她高兴,便摆出虚假的灿烂微笑。

弗朗西斯接过一颗太妃糖。

"我觉得你的小提琴拉得真好。"梅勒妮说。他嚼着糖,一根手指反射性摸摸鼻梁。

"这鬼东西我可拉不好,"他说,"但我尽量。吉格和利尔舞曲我倒还拉得不错。"

芬恩穿过工作室冲出门外,抬回一把硬纸板做的精致镀金宝座。他脸上满是汗水污垢。布幕起伏掀动。

"像船帆一样。"乔纳森说。玛格丽特舅妈给他一颗糖,他没吃,只塞进口袋,那颗被遗忘的糖会在那里待上好几个月。

"我可以走了吗?"他问。梅勒妮震惊地发现舅妈脸上写满了惊恐。

"还不行,乔纳森。"

"关灯,弗朗西斯·乔尔,给我拉琴!"

布幕再度拉开,弗朗西斯演奏《绿袖》[1]。金黄色的人造阳光照在一间装有护墙板的房间,壁上雕着彼此以角相抵的独角兽。舞台中央,三级台阶上,立着硬纸板宝座。

"荷里路德宫。"菲力普舅舅说。妻子和外甥女乖乖地热烈鼓掌。

"一出历史剧,"他宣布,"苏格兰女王玛丽,与博思韦尔秘密约会。"

弗朗西斯演奏起《罗密欧与朱丽叶幻想序曲》的情

---

[1] 文艺复兴时期英国的一首爱情民谣。

歌主题曲,过火的颤音可能带着讥嘲意味。一个前额饱满的女木偶上场,一身黑天鹅绒窸窣作响。她们鼓掌。木偶行礼,走上台阶,一、二、三——在登上第三级台阶时,气氛突然紧张,因为那只木脚停了很久才放下。女王缓缓转身坐下。她戴着跟玛格丽特舅妈一样的项圈,但脖子不会勒痛,因为她是木头做的。玛格丽特舅妈用一根手指偷偷摸着紧勒颈间的银圈,仿佛看到女王的项圈让她想起自己的脖子被勒得多痛。一段长长的停顿,被操纵得非常灵活的女王的手指玩弄着一只香盒。

然后博思韦尔上场。这个木偶长得很体面,身披红斗篷,帽子上插根羽毛,留着两撇小胡子和山羊胡,但动作显得怯生生且犹疑,梅勒妮猜想操纵他的是芬恩。博思韦尔走起路来像弗朗西斯,一副随时要倾圮倒地的样子,好像走了一辈子才走到舞台中央。幕后传来地震般的低沉咆哮和一声闷声呼痛,显示菲力普舅舅对芬恩很不满意,梅勒妮感觉身旁的玛格丽特舅妈也为之瑟缩。苏格兰女王玛丽走下台基,伸出双手表示欢迎。博思韦尔举起双臂。

"情人相会。"菲力普舅舅旁白。

木偶相拥,两张脸咔嗒相碰发出激情的摩斯密码,手臂在层层黑红天鹅绒间交叠。玛格丽特舅妈和梅勒妮拼命鼓掌鼓掌再鼓掌。拥抱持续了很久。弗朗西斯演奏完《罗密欧与朱丽叶幻想序曲》的情歌主题曲,慢板拉起《特里斯坦与伊索尔德》的《爱之死》。梅勒妮双手刺痛,但还是继续鼓掌。

木偶抱在一起,仿佛再也分不开。气氛逐渐变得紧张。他们就像卡在唱片上的唱针,一而再再而三重复着拥抱。菲力普舅舅又低沉咆哮起来。仍交缠在一起的木偶猛力互相碰撞,仿佛欲火焚身。梅勒妮心一沉,看出这不是剧本上原有的情节。鼓掌声渐渐消退。她看见博思韦尔的线跟女王的线纠缠得一塌糊涂,木偶在名符其实的"缠绵"中扭动,《爱之死》演奏得没完没了。

玛格丽特舅妈缩在椅子上,捂住眼睛,等待终结。乔纳森目光空洞地瞪着前方,看见一根高高的桅杆和富丽的红色船帆,头上有海鸥啼叫盘旋。维多利亚觉得无聊,掀起裙子把白色棉内裤往下拉,看看肚脐是不是还在。还在,没错。

"可不可以再给我一颗糖?"她问,没人理她。

揪扯的线发出可怕声响,芬恩终于拉开博思韦尔,但代价是扯断了控制的线。断线宛如头上的一圈放射状光芒,博思韦尔颓然倒地,头敲在宝座台基上,仿佛要敲门进去。玛丽踉跄后退。弗朗西斯的琴音戛然而止,随即一片死寂。

打破寂静的,是芬恩清晰响亮、克制不住的大笑声。

然后笑声变成高声尖叫,芬恩从幕后跌下来,就像先前落下的纸叶。但纸叶落地是轻飘飘的。他的头发飞散开来像彗星的尾巴,跌落的那一秒仿佛永无尽头,四肢恣意摊开、遭到遗忘、随处挥荡,而后砰然摔在舞台上,背部着地落在博斯韦尔身上,木偶的斗篷一片血红。

苏格兰女王玛丽转过身,抬头挺胸大步走下舞台,她的脚步声和肢体彼此碰撞的轻微声音就像定时炸弹嘀嗒作响。维多利亚号啕大哭。乔纳森推开椅子站起来。

"我想戏演完了,"他说,"我要走了。"他走了。

受制于那可恨项圈的玛格丽特舅妈一边安抚维多利亚,泪水 边缓缓流下她的脸,溅在维多利亚的颊上。弗朗西斯跪在一旁,用干燥石墙般的身体护卫住她们。

"她怎么能哭得一点声音也没有?"梅勒妮想。

芬恩没有动。

"他是不是死了,所以她哭得这么厉害?"梅勒妮想。"万一他死了怎么办?哦,上帝啊,让他不要死吧!"

但他仍然毫无动静,空洞地睁着双眼,看起来仿佛摔坏了,像他先前砸向墙壁的玩具。他所有的优美动作都摔碎了。梅勒妮试着理解若芬恩死了会有多糟糕,但她无法思考,因为玛格丽特舅妈的静默是那么可怕的声音。菲力普舅舅庞大森然地走上舞台,调整歪到一边的领结,一脚踢向芬恩肚子,但芬恩没有动。

"他休想再碰我心爱的木偶了。"他说,声音又粗又厚,像农家做的灌肠。"我绝对不会再让他碰它们一根线。"

他把芬恩的身体从博思韦尔上挪开,动作随便又残暴,就像拍摄集中营的电影里纳粹士兵移动尸体。他抱起木偶。芬恩终于慢慢有所动弹,挣扎着侧躺,然后翻过身变成四肢着地,像狗一样趴在那里喘个不停,脸比他画中的姐姐还白。

"要是你害我摔死就好了,"他对菲力普舅舅粗哑地说,"如果我被你害死了,你就会受诅咒下地狱。"

菲力普舅舅不理他,只顾温柔地抚平博思韦尔的斗篷。

"再也不能让芬恩弄我的木偶了,"他嘀咕着,"没用的杂种。废物一个。"

芬恩试着跪起身,但呻吟着倒下。

"可以让真人跟我的木偶一起演戏,"菲力普舅舅说,"就这么办。这样很新鲜,木偶加真人。就用那个女孩。"他陡然转身,食指隔空戳向梅勒妮。"就是你,小姐!"

"啊,不!"弗朗西斯惊呼。

"不!"玛格丽特舅妈的嘴形说。

"愿上帝让你烂在地狱里。"芬恩说着呕吐起来,吐出的东西有血。他低头看着,既意外又惊恐。

"这女孩凭什么白吃白喝,她总该做点事吧?天知道,她吃得够多了。她可以跟我的木偶一起在舞台上表演,她个子不大,比例不会不协调。"他满意地搓着手。"你叫什么名字,丫头?声音大点回话。"

"梅勒妮。"她说,但嘴巴感觉是死的,像被牙医打了麻醉针。但他总该知道她叫什么名字吧?

"蠢名字,"他说,"不过就这么决定了。现在你们全给我走。"

"但是芬恩——"弗朗西斯说。

"把他带走,愈远愈好。居然敢趴在我的博思韦尔身上,太不像话了。还有你,玛格,把他吐的这堆脏东西清理干净。"

菲力普舅舅抱起博思韦尔走下舞台,把木偶平放在工作台上,它看上去像解剖台上的尸体,他哀鸣着:"可怜的博思韦尔!线全断了!"

弗朗西斯扶芬恩站起来,仍紧抱维多利亚的玛格丽特舅妈跑到芬恩另一侧,脸上表情犹如圣母恸子。梅勒妮和一直坐在她椅旁静观这一切的狗也跑过去,她高兴得跌跌撞撞,因为芬恩还活着,还能走动。

"我没受伤,"他说,"哦,我想是没有吧。但我觉得摇摇晃晃的。摇摇晃晃。而且嘴里有血的味道。为什么我嘴里有血的味道,玛格?"他又问了一次,神情迷惑无辜:"为什么?"他的眼睛似乎无法聚焦。

玛格丽特舅妈呻吟一声,不停地亲他的脸。

"你们全给我滚!"菲力普舅舅忽然勃然大怒。"快滚!"

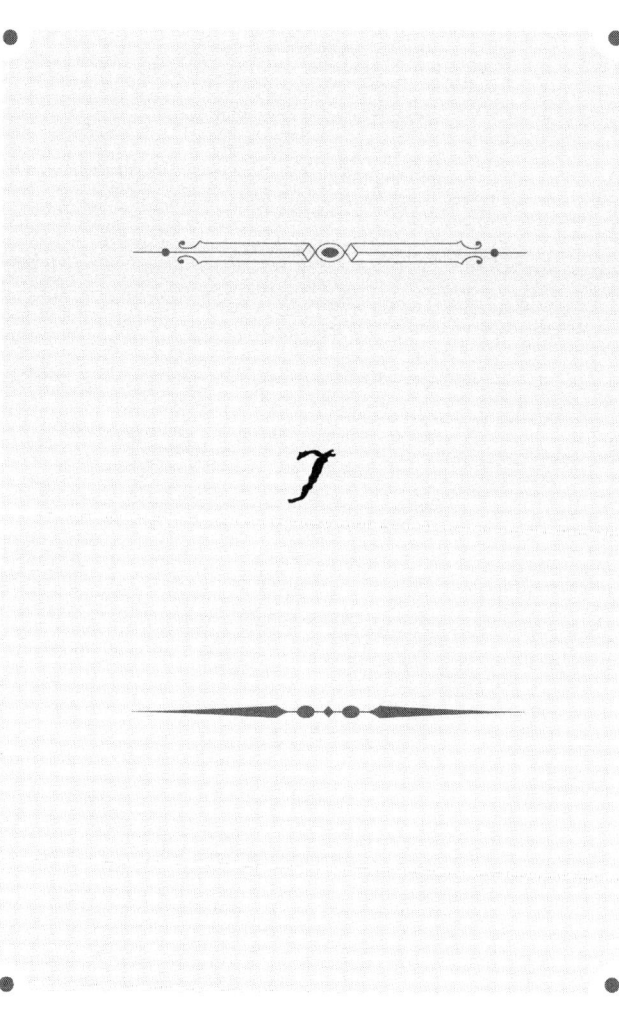

之后,芬恩再也不咧嘴笑了。

那一跌之后,他变了个人,嘴角愠怒朝下撇,像梅勒妮曾在古董店看过的一个搞笑马克杯:杯子上有张脸,正着放,上面的字样是"满",那张脸是微醺、开朗、乐呵呵的;但倒过来放,字样则是"空",扬起的眉毛变成下垂的消沉嘴角。芬恩脸上就总是写着"空"。他鲜少开口,以前滔滔不绝的话完全干涸了。他低着头,变得比以前更脏,三四天不刮胡子,下巴看起来好像上了漆,或者像长满了黄色蕈类,或者像被喷了鲜橘斑点的车。

最糟的是,他的优雅姿态荡然无存。那一跌奇迹般没造成任何内外伤,却震碎了他动作的美感。他走路一瘸一拐像个老人,让梅勒妮看了好难过。他变成一团发馊发酸的生面团,如果说以前那个轻声细语、油嘴滑舌的芬恩让她心烦,现在这个芬恩则让她心如刀割。他不理她,看来并非故意,只是因为如今在他眼中只有菲力普舅舅是真实的。用餐时间非常难熬,他几乎不吃不喝,只一直用痛恨扭曲的眼神,注视着菲力普舅舅。

芬恩住进了一个玻璃箱,完全看不见她或弗朗西斯或玛格丽特舅妈在外面抓着玻璃,想引起他的注意。玛格丽特舅妈变得更瘦、更像幽灵,全身上下只剩那一头红蛇般努力要挣脱发夹的头发还有活力。红色眉毛下,她的眼睛常因暗地哭泣而发红。芬恩对待她的态度仍然温和,会吻她道晚安,但他心不在焉,仿佛已在另一个地方对她说了再见。她的脸是一副悲剧面具,是一个眼看所有儿子都上了战场的女人,每一个小时都等着噩耗电报送来。

红发人的小圈圈破碎了。梅勒妮紧紧依附着弗朗西斯,因为他总是不变。有些晚上,她会坐在他房里陪他练琴,蜷缩在其中一张窄床上,手里做着针线活。她已经开始帮舅妈做那些永远没完没了的针线活了。如今梅勒妮明白,先前她根本不需要等他们来邀,如果想听弗朗西斯演奏舞曲,只消打开门走进房里就行了。芬恩那一跌之后,玛格丽特舅妈再也不离开厨房来吹笛为弗朗西斯伴奏了。

"菲力普可能会上楼来要什么东西。"她用粉笔写道。

但这一切只是假装的。她是独自待在厨房等着丈夫杀死芬恩。梅勒妮知道她在等,但没跟她提过。梅勒妮自己也预期着同一件事。她舅舅在勃然大怒之下,会抄起一把刀或一根木头扑向芬恩,而愠怒愤恨的芬恩会逼对方杀死他。

屋里的暴戾之气简直看得见摸得着,在冰冷的楼梯上颤抖,在磨得光秃秃的地毯上升起无形云层。梅勒妮害怕夜晚,房里的蓝色灯光熄灭,维多利亚的小床阴森地立在那里像个捕鼠笼。她在薰衣草味道的被单里发抖,求自己睡着,试着不去想芬恩说过的那句可怕的话。他说要她舅舅杀死他,这样她舅舅就会受诅咒下地狱。一天夜里,她起身开灯,看着壁炉上方那张画里耶稣温和的面容,世界之光,在荆棘冠下微笑。

"耶稣啊,"她说,"帮助我。帮助我们大家。"

但是没人帮忙。她的青春是挂在脖子上的重石,是她的信天翁[1]。她太年轻、太柔软、太生嫩,无法面对这

---

[1] 典出柯勒律治《古舟子咏》一诗,信天翁指摆脱不去的诅咒。

些野蛮的生物,他们的心智扭曲成疯狂的角度,与她自己又短又平的直线经历截然不同。她徒然挡在他们激烈的冲突之间,而芬恩已经忘了她。她只是个孩子,他轻易地就能忘了她,尽管他曾拉过她头发、取笑她、吻她(他吻过她吗?)、跟她玩战舰游戏。但今后再也不会了。

他正在画另一幅画,在一天工作结束的深夜里,弗朗西斯睡着之后。白天,他仍与玩具为伍,晚上则是与木偶相伴,在地下室危险不安的沉默中。然后,他画画。梅勒妮知道,因为她偷看他。有时候,失眠得很厉害的夜里,她会透过那个窥孔朝隔壁看。一盏折叠式台灯踞在椅子上像只巨大的黑螳螂,灯光下芬恩静静作画,以免吵到弗朗西斯。他画的是一幅三联画,弗朗西斯、玛格丽特舅妈和芬恩自己各占一格,三人腰间都裹着血迹斑斑的布,三人都绑在火刑柱上,三人都像圣塞巴斯蒂安那样万箭穿心。

与此同时,圣诞节逐渐临近,店里很忙。乔纳森的第一批木船上架开卖了,每艘标价十基尼。乔纳森以工作证明自己并非吃白食,梅勒妮亦然,她整天站在店里,双腿开始疼痛,不时想到静脉曲张的可能。朗德尔太太以前也静脉曲张,但是开刀拿掉了。

圣诞节有特殊商品——木刻圣诞树,以撑伞的原理撑开漆成绿色的树枝;圣诞老人面具,红白相间像生牛肉;做成地精、小妖模样的小小锡烛台,用来插在圣诞蛋糕上。还有特别的圣诞包装纸,上面满是与店名相呼应的花朵图案,粉蓝粉红的美丽雏菊,是芬恩设计的,在他还有心情画粉彩花朵的时候。每一天,梅勒妮和玛格丽特舅妈用一张又一张粉蓝粉红雏菊包住一样又一样玩具,放钱的抽屉有时都关不上,因为塞满太多的一镑纸币。

"哦,现在我是个售货员了。"卖出挪亚方舟的那天,梅勒妮心想。买方舟的是一个身穿白羊毛套装、戴墨镜的丰满女人,想用支票付账。梅勒妮把支票拿给舅妈,看她怎么处理,结果她惊慌得乱摇双手。"菲力普不收支票。他说支票是不自然的东西。"

梅勒妮对女客人说:"真对不起,我们不收支票。"

"哎呀,"女客人是美国人,或至少说起话来有大西洋彼岸的口音,"别说对不起啊。我觉得这样很迷人,很适合你们这种老式店铺,有点狄更斯的味道。"

不久，女客人回到店里，拿着一叠橡皮筋扎的厚厚纸钞，梅勒妮数出七十八镑和一张十先令纸钞，女客又从鳄鱼皮包里掏出五先令。此时，梅勒妮醒悟到这家店提供的老式魅力有多赚钱，开始尊敬菲力普舅舅的生意眼光，他虽然是只猪，但是只聪明的猪。她很满意自己卖出了挪亚方舟，但舍不得看它离开，船上还载着身穿牛仔裤和T恤的小小芬恩。

她把塑料冬青放进橱窗应景。广场周围的每一家店都装饰着绿色植物和纸串，就连那家二手破烂店也不例外。蔬果店的装饰是一大丛枞树枝，梅勒妮和维多利亚去买马铃薯和烹调用的苹果时，每个人都得到了一个锡箔包裹的大橘子，是从正在拆封、气味芬芳、铺着纸垫的箱子里拿出来的，戴着金耳环的老板娘还答应要送维多利亚一整包葡萄干，如果她乖而且葡萄干没卖完的话。肉铺里倒吊着肉呈浅紫色的火鸡，一排排仰躺的小型鸡双脚伸在半空中。

"我们不过圣诞节，"玛格丽特舅妈写道，"菲力普认为这个节日只是浪费钱，而且过度商业化。"

"他就是这种人。"梅勒妮怨恨地想。

"但在节礼日¹那天,楼下会有一场特别演出,"玛格丽特舅妈写道,"是他的重大表演。"

然后她崩溃了,趴在花朵包装纸上哭泣。梅勒妮揽住她可怜枯瘦的身体。玛格丽特舅妈是什么做的?鸟骨头加面纸,玻璃丝加稻草。梅勒妮拥着这个疲惫忧伤的女人,感觉自己非常强壮,充满年轻顽强的生命力。她了解并信任自己结实、敏捷、有韧性的身体,这具身体十六年来都获得健康食物的喂养,接受过仔细的清洗照顾。玛格丽特舅妈如此纤弱,像关在黑暗橱柜中花盆里的球茎颤抖吐出的第一根苍白新芽。梅勒妮知道,舅妈也被关在一个黑暗的橱柜里,就是这栋灰霾高耸的房子。她的力量是否会随之枯萎?

"别哭了。"梅勒妮说。她自己很强壮,不会枯萎的,她确定。

"他要你参加下一场表演。"

"哦。哦,天哪。"

1　英国习俗,圣诞节后的第一个公休日称为节礼日(Boxing Day),通常为 12 月 26 日。

"他不会伤害你的。你是他妹妹的孩子。"

那她为什么要哭?是不是想起上一场木偶戏?梅勒妮把舅妈抱得更紧一点。何况圣诞节就要到了,对她来说,圣诞节一定特别难熬,因为她那么喜欢小孩,自己却没有,还得每天从早到晚卖玩具给别人心爱的孩子。

今年在菲力普·花家,不会有快乐的圣诞节。嗨,梅勒妮已经度过十五个快乐的圣诞节,全家人在敲门环上绑冬青花环,招待来到家门口唱圣诗的男生吃碎果甜派,或许有这十五个快乐的圣诞节就够了。何况她已经长大,不再相信圣诞老人了。不过她还是在橱窗里又多放了些塑料冬青,希望菲力普舅舅不会注意到。

朗德尔太太寄了卡片来,是一张虔诚的高高的卡片,耶稣躺在马槽里,旁边有牛有驴有跪着的牧羊人。卡片里,她那笔堂皇字体写着爱意。梅勒妮把卡片放在卧房壁炉架上,在那幅《世界之光》底下。卡片背后用铅笔轻轻写上的一先令三便士标价还没擦掉,让人有种家常舒适的安心感。这张卡片是用真的钱在一间色彩鲜艳、灯光明亮的店里买来的,店里还卖报纸,报纸上记满了事实和人类活动、出生死亡和婚嫁,还卖巧克力和香烟给普通人享用。朗德尔太太还寄来一个很容易压扁的包裹,注明给姐弟三人,上面贴满"十二月二十五日前请勿拆封"的标签。梅勒妮把包裹收进抽屉,她们今年可能只有这么一份礼物了,朗德尔太太的心意让她很感动,她们三个都有人惦记。

此外,她也觉得很尴尬。她必须寄张卡片给朗德尔太太,或许也得附上一份礼物,但是她没有钱。菲力普舅舅每晚都把当天的收入拿走锁起来。玛格丽特舅妈说,他们卧室里有一个保险箱,钱都收在那里,然后舅舅每周一次把钱装进他那体积庞大、闪闪发亮、模样华丽、附有一个人锁的小牛皮公文包,带去银行存。梅勒妮想象那保险箱是非常黑的金属,稳稳嵌在床尾让他随时都能看见,在他与玛格丽特舅妈睡觉的怪卧室里。他们的床一定严重朝他这侧倾斜,因为他那么重,舅妈却轻得不得了。梅勒妮看店这么久,连一枚六便士硬币零用都没有,这是她第一次向舅妈要一点钱,她双脚在地上蹭来蹭去,窘得低下了头。

"只要五先令,买点——哦,买点香皂吧。送她香皂应该不错。是这样的,她对我们真的很好,到现在都还很疼我们,惦记着我们。"她喉头有些哽咽,想到朗德尔太太一边想着她和乔纳森、维多利亚,一边在新家搅拌圣诞布丁的材料或者切水果要做碎果甜派。她会很高兴想到这三个孤儿正在家人怀抱中度过圣诞节,因为圣诞节就是家人团聚的时刻。这样想会让她很安慰,她永远也不会知道实情并非如此。

舅妈扭绞着那双善于表达的手。

"可是他也不给我钱。否则我一定会把手边有的都给你。"

"嗯。"梅勒妮说。

"真的很对不起!""起"的最后一笔被她的悲伤拖得下垂。"他就是这样。他不信任我拿钱。"

因为怕她逃走?

"那就算了,没关系。"梅勒妮说。

"你也知道,我们去别的店买东西都是记账,所以我其实也不需要用到现金。而且他就是这样。"她试着掩饰其中的羞辱。

"我了解。"梅勒妮说。两人交换了一个古老的女性眼神,她们是寄人篱下的贫穷女子,是绕着一颗男性太阳转的行星。最后是弗朗西斯拿出自己拉小提琴赚的钱,塞了一镑到梅勒妮裙子的口袋里,她真不知道该怎么谢他。

她买了一盒玫瑰香味的肥皂,包好寄给朗德尔太太。她觉得不过圣诞节会让弟弟妹妹难受,于是也买了一罐糖煮蜜饯给维多利亚(罐上画着戴高礼帽的兔子,一派和乐),三条绣有J字的手帕给乔纳森,因为他常掉手帕。还剩下一点钱,她便买了一小瓶香水给玛格丽特舅妈,不是什么好香水,但总归聊胜于无。明知菲力普舅舅不赞同却照样买礼物,这让她感觉自己很叛逆,尽管他不可能知道她参与了圣诞节的经济活动。

"明年起,我就每天帮弗朗西斯擦鞋,当作送他的礼物。"她想着。但她并没有想要送什么给芬恩,如今他已住在另一个国度,礼物、感情、爱意和赠予对他都毫无意义。她试着不去想芬恩,因为一想就会感觉衰弱又绝望。在记忆中,她仍能看见他跳舞的模样,但事实上是再也看不到了。

一天晚上,舅妈从一个纸袋里拉出一长段白绸缎,布料颜色映在画里的狗鼻子上,闪着白光。她招手要梅勒妮过去，把布料披围在她肩上，刹那间梅勒妮又回到了老家，对着镜子往自己身上裹薄纱。但咕咕钟的鸟伸出头来报时——九点，立刻将她拉回现实，拉回菲力普舅舅家。

"你的戏服。"玛格丽特舅妈写在簿子上，省得站起来写黑板。"演出要穿的。"

"我扮什么？"梅勒妮问。

"丽达。[1] 他正在做天鹅，可是做得不顺。他说芬恩企图毁了它。"

这在梅勒妮听起来非常有可能。

"天鹅有多大？"

舅妈在空中比了个含糊的形状。

"我不想，"梅勒妮说，"扮丽达。"

"这是他对你的构想。白色绸缎，头上戴花，非常年轻的少女。"

"什么花？"

---

[1] 希腊神话中斯巴达国王达瑞俄斯（Tyndareus）之妻，被化为天鹅的宙斯诱奸，后产下二子二女，包括倾国倾城的海伦。

玛格丽特舅妈拿出一捧假雏菊,有黄有白像煎蛋。梅勒妮将再度变成戴着雏菊花冠的精灵,舅舅对她的构想就像她自己曾幻想过的模样,让她不由得觉得颇为受用,尽管情况这么糟糕。

"不得不从吧,"她说,"我想。"舅妈利落剪起轻薄的布料,剪刀在灯光中闪动,像惊叹号。

衣裳大致成形之后,梅勒妮得穿上它,下楼给菲力普舅舅看。她得脱下所有衣服,只穿绉绸短袍,里面的白绸缎带交叉系在她乳房间(她饶有兴趣地注意到乳房似乎长大了,乳头颜色也深了蛮多)。玛格丽特舅妈用那把银发刷梳她的头发——这把发刷和小熊维尼一样,都是家变中幸存的东西——她梳了又梳,直到梅勒妮的黑发像泛滥的泰晤士河溢流,然后让雏菊全漂浮在河水般的长发上。舅妈从柜橱里拿出一只雪茄盒,打开,盒里有好几支油彩,梅勒妮的眼皮被画成蓝色,嘴唇是珊瑚色。她觉得很油腻,自己好像要烤的肉被人涂上猪油。

"你有没有什么好首饰?"

"只有坚信礼的珍珠项链。"项链也幸存了下来。玛格丽特舅妈抚摸珍珠欣赏不已,然后把项链挂在梅勒妮脖子上。绉绸短袍里还有几根别针,刮到了梅勒妮的皮肤,她扭着身体。

"珍珠项链真是画龙点睛。你看起来好美!"

"哦,我真希望能看见自己。我上一次盛装打扮已经是好久以前的事了。"她回想起来,咬住嘴唇。

"现在下楼去吧。"

"我自己去?"

玛格丽特舅妈点点头。梅勒妮把外套披在肩上,因为这丝绸薄料挡不住风,而屋里冷得要命。下午茶时间早就结束,楼下的工作正进行得如火如荼。布幕开着,芬恩站在舞台上,四周满是一罐罐油漆,像睁着一只只纯粹单色的眼睛。他正在画背景布幕,海景上是血红橙黄的日落,有点像厨房里那幅狗的背景。在光秃秃的灯光下,菲力普舅舅蹲在地板上,面前摊着一块布,布上有一堆羽毛,他正在拣选羽毛分成更小的几堆,胡须上沾了薄薄一层羽绒。

"我来了。"梅勒妮说。

他仍然蹲着,粗大双手搭在肮脏白色长围裙盖住的膝盖上。今晚,他的眼睛是旧报纸的那种陈旧颜色。

"咦,他的头蛮方的!"梅勒妮心想。这点她从来没注意到。今天晚上,那头灰白发的某种凌乱凸显出头颅的方角,他的头就是个玩偶盒。有根别针刺痛她腋下。

"脱掉外套。"他说。

她照做,打着寒噤,因为地下室的热源只有一个吝啬、没用的小油炉。芬恩继续画,填满一大片天空色彩,她听见他刷子的啪啪声。

"以十五岁来说,你长得很壮。"他的声音平板如死人。

"快十六了。"

"都是因为你喝了那么多免费的牛奶和柳橙汁。你有月经了吗?"

"来了。"她震惊得只能低声说话。

他不高兴地闷哼一声。

"我要我的丽达是个小女孩。你的奶子太大了。"

芬恩把油漆刷往地上一摜。

"不准用那种口气对她说话!"

"闭嘴做你的事,芬恩·乔尔,我爱用什么口气对她说话是我的事。是谁出钱供她吃住的?"

"我也一样,爱怎么说话就怎么说话!"

菲力普舅舅仔细摸着胡子,完全不看芬恩。

"哦,不,"他冷静说道,"哦,不,你不能。继续画你的。我没有一整天的时间给你耗。"

两人水火不容的气氛仿佛发出刺耳声响。梅勒妮头痛起来。

"芬恩,"她说,"别这样,拜托你。我不介意。"

"听到了没?"菲力普舅舅说,语气带着奇怪的胜利音调。芬恩耸耸肩捡起刷子。

"把地上那块油漆清理干净!"

芬恩怒目以对,用他那满是油漆硬邦邦的连身围裙手肘部分,擦抹油漆刷刚在地板上砸出的痕迹。

"就你了吧,"菲力普舅舅对她说,"我想也只能凑合了。而且你的头发挺不错的,腿也漂亮。"但他话中带着怨恨,因为她不是木偶。

"转身。"

她转身。

"微笑。"

她微笑。

"不是这样,你这个蠢货。把牙齿露出来。"

她微笑,露出牙齿。

"你长得有点像你妈。不是很像,但有一点。幸好完全不像你父亲,谢天谢地。我从来就受不了你父亲,他以为他多才多艺,花家人高攀不起,还自称作家。他是个软脚虾王八蛋,从来不动手做事。"

"但是他聪明得很!"梅勒妮终于被反抗之心刺激得发出抗议。

"他要是真那么聪明,就该想到留点钱照顾你们,"菲力普舅舅合情合理地指出,"现在他的宝贝孩子全都变成我的了,不是吗?要把你们变成一朵朵小花。"

他继续动手分拣羽毛。耶稣要我当阳光,菲力普舅舅要我变成小花。羽毛在门缝吹进的气流里打转。菲力普舅舅沉重地叹了口气,就像对微薄得不能再微薄的好运表示感激。

"你还凑合吧,"他说,"我想。现在给我滚。"

芬恩气愤地抬起头,梅勒妮赶在他们恶言相向大打出手之前跑上楼。芬恩为什么要替她说话,要这样明知不可为而为之地替她出头?因为这样能轻易惹火她舅舅?但她看到他们两人如此剑拔弩张有多难受,芬恩是否在乎?他八成根本没注意到。她拿下头上的花,小心翼翼脱下短袍。她想,就算有镜子可照,她也不会喜欢自己穿着这短袍的模样,更不会喜欢看见自己脸上画着浓浓的鲜艳油彩。

"我真希望演出已经结束了。"她说。

舅妈点点头,突然莫名其妙涌出眼泪。她双手握拳按住眼睛,肩膀抖动。这段日子她常哭。本来正凑在盛水烤盘舔水的斗牛犬立刻走过来,把头靠在她膝上。梅勒妮再度对这只狗灵敏迅捷的同情心感到惊讶,它既是看门狗,又是四条腿的抚慰者。她真希望自己也能做出这么安静、这么单纯的反应。她伸出一只手按在舅妈肩上,玛格丽特舅妈盲目地用自己的鸟爪紧抓住她的手,两人就保持这样的姿势,过了好长一段时间。玛格丽特舅妈每哭一次,和外甥女就更亲近一些。

芬恩说:"你得跟我一起排练。"他没有抬头看梅勒妮,只瞪着自己的手背。凿子的伤口留下一个又宽又紫的新月形疤痕。

"什么,上舞台排练?"

"你以为他会让我们上他心爱的舞台?门都没有。我们得在我房里排练。"

"为什么是跟你,不是跟天鹅?"

"你在演出之前都不能看到天鹅,到时候反应才会自然。但是你得跟我一起排练,搞清楚要做什么动作,所以就由我代替天鹅。"

他的声音比鹅脖子还轻软,几乎听不见,而且他一直不看她。

"我们排练要穿戏服吗?"她有点担心地问,想到自己的肌肤透过白绉绸露出来,就像装在白玻璃杯里的牛奶。

"什么,你觉得我应该穿上满身羽毛吗?"

他看起来像只满身石油、憔悴不成形的天鹅,来到污染的河里哀啼。他的长裤和衬衫(一件条纹法兰绒老式衬衫,应该有的衣领却不见踪影)上满是斑斑油漆,还有一层污垢和汗水,赤脚上满是泥块,脖子有一道深棕色的潮水痕迹,耳朵底下有污黑的指印,下巴的蕈类又冒出来了。他闻起来发馊,一种令人作呕的酸甜臭气,仿佛正在腐烂。

"你应该好好照顾自己,"她说,"哦,芬恩,洗洗澡吧。或许也该剪个头发。"没梳的头发像橘色触角卷曲在他脏污的衬衫上。

"何必?"

她回答不出。

这是宁静的星期天午后。厨房里,穿着灰洋装、戴着恶毒项圈的玛格丽特舅妈,正在用最细小的针脚缝那件希腊式短袍。下午茶已在饭厅里放好,平静的白桌布上是镶绿边的周日专用瓷器,牛奶罐和糖碗乖乖站好等人使用。维多利亚在笼子般的小床里睡午觉,旁边是开着花的天竺葵。乔纳森在楼下做船,菲力普舅舅则打造着他的天鹅,计划该在哪些部位牵线。弗朗西斯像复活节起义[1]那样穿戴起软呢帽和防水风衣,带着小提琴去做生意了。整栋屋子都在休息。

"走吧。"芬恩说。

他们一起上楼,经过蓝胡子城堡里所有紧闭的门。

---

[1] 复活节起义(Easter Rising)发生在1916年的都柏林,是反抗英国统治的一次重要起义,虽未成功,但对日后的爱尔兰独立运动产生极大影响。

芬恩的呼吸声粗哑如同打鼾,发出嘈杂回音。两人走进他房间,他一脚把门踢上,满脸愠怒厌烦。

"赶快结束这蠢游戏吧。"

她环顾四周,感到惊慌。房里一片空荡,仿佛兄弟俩的东西全都装进箱子收好,准备立刻离开。在窥孔所在,因此她始终看不到的那面墙的架子上,立着整个房间唯一一样小小的私人物品,是一张褪色照片,放在尺寸完全不合的黑色相框里。一个宽脸女人直视镜头,没有微笑,披着高威[1]披肩,怀抱一个婴儿。

"我们的母亲,"芬恩说,"抱着玛格。"

她身后上方是一片荒凉的岩石。

"老家。"然后芬恩便不再说了。

照片旁是那盏折叠式台灯,收成一团,蓄势待扑。除了那面窄长镜子和舅妈的画像,四壁空无一物。那幅圣塞巴斯蒂安的三联画不见踪影,一定是被他藏起来了。架子旁一个嵌在墙里的衣橱,此外眼前其他东西都是她熟悉的。她坐在那张玫瑰与城堡的椅子上,姿态拘

---

1 爱尔兰第二大郡(也是该郡的重要港市之名),盛产羊毛。

谨得荒唐,仿佛身穿专人缝制的套装、头戴附有面纱的小帽,前来进行礼貌拜会。

"情节是这样,"芬恩说,似乎憎恨自己说出的每一个字,"丽达在海边散步,捡拾贝壳。"

他从口袋掏出一枚内凹的贝壳,整片乳白的珠母贝。他把贝壳放在毡毯上。

"天色渐暗,她听见翅膀拍打的声音,看见天鹅飞过来。她跑走,但天鹅飞扑下来,把她扑倒在地。落幕。"

"就这样?"

"毕竟只是为了让他的漂亮天鹅亮相而已。"

她站起来,弯腰捡贝壳,动作别扭,因为他在看她。

"动作流畅一点,"他疲惫地说,"从腰臀部分开始。"

她再度弯腰,摆着屁股,因为除此之外她不知要怎么从腰臀部分开始。

"真要命,梅勒妮,你在学校里难道是打曲棍球的?"

"呃,是啊,学过。"

他露出鄙夷表情。

"动作应该——哎,像这样。"他弯腰捡贝壳,但他的动作已经不再像大海波浪,事实上反而僵硬一如木偶。

他忘记他的优雅已经完全消失了。他猛然停住,手指摸着贝壳。

"总之,"他说,"再试一次。"

她试了。

"好一点了,大概吧。现在,再来一次。我扮天鹅。"

她走在海边,捡贝壳。芬恩踮脚站着,头发披了满脸,她几乎看不见他。他发出咻咻声,代表拍翅膀的声音。

"你听见这声音,露出担心的表情。跑几步。"

她跑了几步。

"对。"

他追在她身后。这样好像玩比手画脚的游戏,她咯咯笑起来。

"不对,别傻笑!你应该是个受惊吓的可怜女孩。"

"我没办法认真。"

"可是,梅勒妮,如果你不能照他指挥工作,他就会把你赶出去。到时候你怎么办?"

"他不会的,"她惊异地说,"他不能这么做。"

"他当然能这么做,也做得出来。"他的态度讲理而严肃。"到时候我们什么忙也帮不上,你会饿死。"

"我恨他。"她说。她本来没打算这么说的。两人四目相对,又转开视线。

"从头开始。假装。演戏。"

这一回比较顺利。她抬头眯起眼睛,假装看见天色渐暗,假装听见海鸥鸣叫,听见沙子在脚跟下沙沙作响,听见翅膀有节奏的拍击,于是要假装害怕,跑几步也不难。

"你跑,然后绊倒,然后我把你压在地上,"他掩住一个呵欠,"放下贝壳,我们从头再来一次。"

她照做。海鸥啼叫,脚下的沙陷滑,天鹅扑下,演来并不难。她惊跳躲开芬恩,动作不再是假装——她绊到毡毯边缘打的绳结,失去平衡,抓着芬恩想站稳,结果却把他一起拉倒。两人紧抓彼此,梅勒妮笑起来,他们以慢动作摔倒在地。

但芬恩没有笑。当梅勒妮看见他半藏在发下苍白瘦削的脸,她的笑声也消逝了,那张脸上什么都看不到,看不到一丝微笑,看不到他有可能会放过她的温柔神色。他贴近她就像被单裹着毛毯,身上有腐朽的气味,但这已不再重要。她打个寒噤,醒悟到这已不再重要,只紧绷着等待事情发生。

一股不知从何而来的紧张兴奋感攫住她。两人躺在满是扎人木屑的光秃地板上,此刻不再有时间,也没有梅勒妮,她完全臣服,正在改变、长大。对她来说唯一实在的,就是这个与她全身相靠却又仿佛远在天边的男孩,这一刻就是永恒,颤抖宛如玫瑰上一颗露珠,即将滴落的那一瞬无尽延长。心不甘情不愿地,慢慢地,迟疑地,他伸手按在她右乳上。时间猛颠一下重新开始,他们的时间。她嘶嘶呼出屏住的气息,他闭上大西洋般的眼睛,看起来像一副死亡面具。脱离孤绝状态令他痛苦万分,但他必须脱离。

"这就开始了。"她对自己说。她在脑海里听见自己的声音,明确又清晰。不再是没头没尾戛然而止,像在游乐园那天那样,而是真正的开始,开始两人之间一份深沉的神秘。他会对她做什么,动作会不会温柔?她低头看他满布污渍和疤痕的手,心中既是畏惧也是欢喜,那是一只工匠的手,强壮又狡黠。四周的光线似乎熄灭,她只能以感官知觉来观看。

"不,"芬恩脱口而出,"不!"

他一跃而起,跑到房间另一头,跳进衣橱关上门。衣橱中再度传出一闷声"不!"

两人间的紧绷气氛毁得如此随便又粗鲁,让梅勒妮全身无力地躺倒,拼命忍住眼泪。她仍感觉得到他的五根手指,像五根红热炭条在她乳房上灼烧,但他已经不在了。她觉得发冷又难受。

"不!"声音变得微弱了些。

"我做错了什么?"她对着橱门问。没有回答。"芬恩?"

还是没有回答。她觉得自己好蠢,这么躺在地上,裙子掀到膝盖。她可以看见床底,两张床下都没有灰尘,各有一双鞋乖乖站着。这房间很干净,尽管芬恩脏兮兮的。弗朗西斯的鞋擦得亮晶晶的,芬恩的鞋上却满是干泥巴——但他去了哪里,难道自己一个人去游乐园散步,跟断成两截的女王说话,拍石狮子的头？他的鞋子已经被脚步撑得歪斜了。

"也许,"她想,"他不肯做是因为我从不替他擦鞋。"什么理由都有可能,既然他躲进衣橱里来躲开她。

衣橱钥匙孔里冒出一缕青烟,她惊恐不已,然后才猜到是他点了根烟。在那密闭空间里,他可能会被自己喷出的烟呛死。或者不小心让自己像佛教僧侣一样烧起来。

"他真够傻的。"她想。她感觉自己已变得非常苍老,但并不成熟。

"别在衣橱里抽烟。"她说。

又冒出一股烟来回答她。她低声嘀咕着爬起来,走过去打开橱门。衣橱深度仅够他盘腿坐在里面,弗朗西斯第二体面的那套细直纹西装用衣架挂着,挡住了他的头。橱里还有几件鬼魂般的衬衫,上层架子上叠着各种尺寸形状的画。芬恩的手拿着香烟,伸出层层衣服把烟灰掸在地上。他没说话。她检视他交叉的脚底。

"芬恩,"她说,"你左脚底扎了一根木屑。"

"走开。"他说。

"要是木屑不拔出来,会化脓的,最后你的腿搞不好得锯掉。"

"拜托你,走开。"

"芬恩,你为什么要躲在衣橱里?"她问,像个劳累了一天的母亲问不讲理的孩子。

"因为这里装得下我。"他说。这种刘易斯·卡罗尔[1]式的逻辑她实在招架不住,只好举白旗投降。

"哦,芬恩,你为什么从我身旁跑开?"这句话带着哭腔冒出来。

"你太年轻了,"他说,"不该讲这种话。这话你一定是从女性杂志上读来的。"他的声音里闷裹着哔叽毛料,好像穿戴起帽子围巾要抵御北极严寒。

她一把拨开衣服露出他,小小的,凄凉的,看起来蜷缩,双膝缩在下巴下,胎儿式的姿势。他的斜眼露出凶光怒目而视,像只被挡住去路的暹罗猫。

"懂吗?"他说,"他就是要我奋你。"

她只在书上读过这个字,冰冷消毒的印刷体,但从来没听人说过,除了粗鲁的庄稼人气头上骂出来而没注意到她正好经过。她惊慌万分。之前她从没把这个字跟自己联想在一起,她幻想中的新郎绝对不会奋她,而是和她做爱。但是芬恩就会,承认这一点,她心直往下

---

[1] 《爱丽丝梦游仙境》的作者。

沉。从他把香烟摁熄在地板上的样子就看得出来。

"是他的错,"他说,"我们躺在那里的时候,我突然一切都想通了。他操纵我们,把我们当成他的木偶,而我也差一点就照他盘算的那样乱摸你。他叫我跟你排练丽达与天鹅,私下找个地方练习,他说,比方你的房间。上楼到你房里跟梅勒妮排练强暴。老天爷。他要我上你,连场景都安排好了。他真够邪恶!"

梅勒妮用鞋尖踢着地板上一块凸起物,注意到鞋尖有些磨损了,需要修补。他们家可不可以跟鞋匠记账?她试着专心想这事,以免去想芬恩正在说的话。

"哪,"芬恩说着拨开衣服,好再点起一根烟,"我才不干,懂吧?我才不会照他盘算的做,尽管我真的喜欢你。就这样。"

梅勒妮放弃去想补鞋的事。

"哦,可是芬恩,他有什么理由要你——"

"为了贬低你,梅勒妮。他受不了你父亲,受不了你们姐弟是你父亲的孩子,尽管他并不介意你们是你母亲的孩子。你代表他的敌人,是那种上厕所用卫生纸、吃鱼有专用刀的人。"

"我们从来没有专用的吃鱼刀啊。"梅勒妮说。

他置之不理,态度激动起来,话也说得颠三倒四。

"而且你们那么清新又无辜,你们三个都是,所以他非改变非毁掉你们不可。哪,维多利亚现在是玛格的宝宝了,乔纳森则在他手下整日整夜工作,只剩下你还没打发。所以他认为应该让我上你,因为他也鄙视我,认为我是最低贱的人渣。他真的就是这样想,认为我是个肮脏的混混,要不是因为玛格,要不是因为我替他画画,他早就把我赶出去了;要不是为了玛格,我也早就走了。所以应该让我上你,因为你是会刮腋毛的那种人,然后你说不定会怀孕生下小孩,这样就能侮辱你父亲了。"

"我父亲已经死了。"

"他知道。但对他来说都一样。"

"我又不刮腋毛。"

"这只是个比喻。"他的脸扭曲变形,因为痛苦或因为纯粹的厌恶。他丢掉香烟,脸埋进臂弯。她把重心从这只脚移到那只脚,感觉没有把握又迷惑。她几乎完全没听懂他说的话,糊里糊涂问:"那你不要我啰?"

"跟这一点关系也没有,"他凶道,"何况你还太年轻,我在游乐园那天就发现了。也许以后吧。但你还太年轻了。"

"我知道,"她说,"这是我受的诅咒。"

"真要命,不是吗?"芬恩说,"这是个疯人院,他快把我逼疯了。"

他狠狠拉动挂在衣架上的衣服,再度藏起自己。上层架子受到颠震,一叠画滑落在地。梅勒妮疲惫地捡起那些画。她已经被意外弄得筋疲力尽了。先是那幅圣塞巴斯蒂安三联画,已经完工,没漏掉一枚箭头或一滴血。她做个怪表情,把画塞到架子上。然后她看见了自己,深受触动。

她正脱下那件巧克力色毛衣,扭转着身体,是个颇瘦但比例匀称的少女,有着一张细致内向的脸,背景是一墙暗红色玫瑰。是她卧房的壁纸。她看起来洗刷得非常干净,是个每顿饭后都刷牙、喜欢大口咬粉红苹果的处女,茂密黑发披散在四周,画成新艺术风格的波浪,看来芬恩似乎在试着画弧线。这幅画跟他其他的作品一样扁平而缄默,看起来像没有性暗示意味的裸照。她裸露的右上臂挂着一圈黑纱。他眼中的她跟她眼中的自己不太一样,但毕竟没有太糟。

"他为什么要画我戴孝?"她想。

但她还是觉得高兴。

"你是不是透过窥孔素描我脱衣服的样子?"她问。

"不要看我的画。"

"我只是把它们捡起来收好。"

然后她看到了那张可怕的画,画的是窜起熊熊火焰的地狱,其中穿插黑色人形。菲力普舅舅在烤架上像一块猪排,赤身裸体,丑恶之至,皮肉正被烤裂、起着水泡,肥油在里面冒泡泡,白发燃着一簇簇小火焰。一旁站着身穿红色紧身衣的魔鬼,头上长角,尾巴分岔,手拿一对烧得火红的钳子,正在扭菲力普舅舅的睾丸。菲力普舅舅脸上印着一个火烫的蹄印,嘴巴张成尖叫的黑洞,冒出一条写着字的横幅:"原谅我!"魔鬼的脸上浮现的是芬恩以前咧嘴而笑的面容。

"原来他的笑容到这里来了,"梅勒妮想,"他把笑容从脸上抹掉,关进衣橱里。"芬恩再也不会咧嘴笑了。

画中芬恩的嘴唇是火焰,唇间冒出一个词:"永不!"画上端有一面白盾,以哥特字体写着标题:"地狱里,所有的过错都被纠正。"整幅画看起来像希罗尼穆斯·博斯[1]的风格。梅勒妮啜泣出声,画从手里落下。

"我叫你不要看的。"

"你说得没错。这里是疯人院。"她哭了起来。芬恩爬出衣橱,紧抓住她膝盖,头埋在她大腿间。她手指痉挛般紧抓他头发,不假思索地讲出脑海里冒出的第一句话;如果她想一下,就绝不会这么说。

"我觉得我想爱你,可是不知道该怎么做。"

"你又来了,又讲女性杂志上的对白,"芬恩说,"你有这种感觉只是因为我们离得近,只因为我人在这里。总之,你还太年轻,这点我们已经说过了。而且就算我们怎么样,也只是浪费你的时间,因为我要逼他杀死我,不是吗?"

然后下午茶的锣响了,这段时间还是得熬过去,剥虾壳,给面包抹奶油,牛奶和茶倒进茶杯,维多利亚的蛋糕被切成一条条的,好让她全吃光。在那女巫球里他们

---

[1] 希罗尼穆斯·博斯(Hieronymus Bosch,约 1450—1516),荷兰画家。他的画富有想象力,充满了荒唐的形式和怪异的象征。

围坐,模样全都肿胀丑怪,变形的白桌永无尽头。梅勒妮一直盯着女巫球,免得必须看向菲力普舅舅。

第二天就是圣诞前夕,但跟平常日子完全没两样,只是店里非常非常忙,一整天都挤满客人。等到店门上的牌子翻到"打烊"那一面时,梅勒妮和玛格丽特舅妈的脚已经痛得像火烧。架上几乎空无一物,存货几乎全数卖光,连橱窗里的竹马和玩具木偶也没了,只剩下塑料冬青。抽屉里的钞票满得溢出来,花朵包装纸也只剩最后一卷,店里犹如大战翌日的战场。鹦哥在栖木上弯腰驼背,仿佛它也累得站不住了。

"嗯,"玛格丽特舅妈写道,"至少我们明天可以好好休息一下。"

不过,除此之外,什么也没有。梅勒妮拿着书坐在厨房,努力对抗回忆和自怜的心情,舅妈则在一旁缝那件希腊式短袍的最后几条缝线。厨房里没有冬青,灯罩上没有槲寄生,没有闪着彩色小灯的圣诞树。菲力普舅舅收到平常往来的店家和批发商寄的圣诞卡和月历,但东西一寄到就被他摧毁,因此壁炉架上也没有卡片。什么也没有。屋里冷得出奇,也许这屋子是故意要把自己冻死。

梅勒妮隐约纳闷他们是否会上教堂参加午夜弥撒,心想他们既然这么相信地狱,一定很虔诚。但大家的上床时间跟平常一样,虽然弗朗西斯回来得很晚,但他到家时已经有点醉了,所以不可能是去过教堂的。她听见他上楼的脚步不稳,还低声哼着号笛舞曲。

芬恩一定跟她一样,无眠地躺在黑暗中,两人之间隔着一堵墙就像特里斯坦的剑,她可以听见他轻声喃喃和弗朗西斯交谈,但听不清内容。然后没被遮住的窥孔照进微弱光线,偷偷摸摸的摇曳光线,她的鼻孔闻到木头烧焦的味道。他们在烧东西。她内疚地起床偷看。下了床,房里冷得不可思议,简直像俄罗斯最寒冷的黑夜。她赤裸着脚踩在冷得像冰的地板上,全身冒起鸡皮疙瘩。

兄弟俩的房间光线黯淡,影影绰绰,她好不容易才分辨出两人的身影。他们缩身聚在房中央,长条镜子突然映出火柴擦燃的一闪。弗朗西斯的雨衣微微发亮,外套和帽子还没脱,他跪着一手扶地保持平衡,另一手拿一个雕刻的小人偶,人偶一头发黄的白发是用散乱的线做成的，穿着花哨的小小白衬衫，打条细领带。那件小衬衫那么精致，一定是玛格丽特舅妈做的。要把它做得这么小一定很难。

芬恩小心翼翼把火柴凑在人偶全身各处。衣服一开始闷烧发亮，烧到底下的木头，他就摁熄烧黑的部分，再烧另一处。两人都很安静地忙着，全神贯注。她看见那只狗也在，坐在那里看他们，眼睛眨也不眨。每当火柴火光亮起，它的眼睛就像荧光色的木莓，那一身白毛看起来好不自然，仿佛故意漂白以便伪装。芬恩把一根火柴凑向人偶的长裤胯下，和弗朗西斯两人悄声笑起来。乔尔兄弟正用自己的方式过圣诞节。

梅勒妮回到床上，拉起被单盖住头，但毛毯里没有暖意，石制汤婆子在她离床的这段时间也凉了。房里实在太冷，她觉得鼻子里的黏液都要结冰，大脑也快冻成一块表面起伏不平的冰。她把头埋在毯子下，以免看见那魔幻的火光。

8

圣诞节早上,梅勒妮在厨房不好意思地把香水送给舅妈,舅妈对她又抱又亲,模样是那么欢喜,让梅勒妮感到羞愧,因为礼物这么微薄。

"我怎么就没想到呢?"她对自己说,"我可以把那串珍珠送给她啊。我不需要那条项链,而且过了明天我也不会再想戴它了。哦,她一定会爱死那条项链的!"

她想象舅妈那变形的手指不敢置信地抚摸珍珠,把那串蕴含月光的种子戴在瘦弱的脖子上。美丽的珍珠才适合纤弱的舅妈,比折磨人的银项圈好太多了,而且这串贵重珍珠是梅勒妮唯一能表达自己对舅妈的感情有多深的礼物。梅勒妮决定把珍珠项链当作舅妈明年的圣诞礼物,或者生日礼物,如果她能打听到舅妈生日是几月几日的话。

"我想买礼物给你们,"玛格丽特舅妈用粉笔写道,"可是我没有钱,你知道,而且菲力普——"粉笔从她指间垂下。

"没关系,"梅勒妮心头涌上一股爱意,"哦,别担心这个了。"

回到卧房,她拆开唯一的礼物包裹。朗德尔太太给她们每人织了一件毛衣——实用的灰色给乔纳森,水果般可口的粉红给维多利亚,跟梅勒妮很搭的天蓝给她——并用漂亮的包装纸包得好好的。梅勒妮给维多利亚套上新毛衣,帮她穿衣服就像给不情愿的枕头装枕头套一样。今年圣诞节没有鼓得满满的袜子(袜子的脚趾部分塞着柳橙,脚跟塞着坚果,饼干伸出袜口)给维多利亚,什么也没有,只有毛衣和那罐蜜饯。但维多利亚不记得去年圣诞,今年也没人告诉她要过圣诞节,因此她并不觉得少了什么,尽管梅勒妮替她感觉缺失。要剥夺这小娃儿的任何东西似乎很难。对维多利亚来说,这件毛衣只是又一件麻烦的衣物,蜜饯她也毫不好奇地接下,可能以为是某种贿赂。梅勒妮替她打开罐子,她立刻吃起来,这么一大早就吃甜食不应该的,但梅勒妮不忍心阻止她。

今天早上,那个日本纸灯罩看起来像圣诞装饰,那么圆,那么蓝,那么欢乐。它是否原先就是圣诞装饰,在某个遥远的过去,当花家还是个正常家庭的时候?梅勒妮母亲还住这里的时候,这一定是个正常家庭,因为她母亲不可能有什么出格之处。还有,从没人提起的外公外婆又是什么样子?他们一定也过圣诞节吧,在母亲和菲力普舅舅年纪还小的时候——如果菲力普舅舅真的曾经是小男孩的话。实在很难想象他小时候的模样,戴着学校的帽子,穿短裤,用七叶树的板栗绑在绳端互撞着玩,看漫画书,收集火柴盒之类的。

但是,梅勒妮突然惊慌想到,万一暴君菲力普舅舅根本不是我母亲的哥哥呢?也许多年来曾几何时这个肥胖男人冒名顶替了婚礼照片里的那个瘦子,也许他只是个肥胖的陌生人穿戴着菲力普·花的脸和衣服,根本不是他本人。

梅勒妮真希望她们能跟父亲那边的亲戚住,婚礼照片里的那些好人,此时此刻无疑都在料理肥大的火鸡,修剪圣诞树,准备一场丰盛大餐。但如果她跟罗丝姑姑或葛楚德姑姑住,就没办法认识弗朗西斯、玛格丽特舅妈和芬恩了。还有芬恩。

梅勒妮穿上毛衣,新羊毛让她觉得痒,但这件衣服舒适贴身得令人感到幸福,有厚厚的领子围护喉咙。毛衣带给她的温暖似乎不只来自羊毛,仿佛朗德尔太太上针平针打的每一针都织进了一些她的爱。梅勒妮非常感激,因为屋里充满隆冬寒意,少数几个电炉驱不散寒冷,反而似乎更加强了寒冷的感觉。十二月这段时间,玛格丽特舅妈尖尖的鼻端总是冻得微红,但此刻,梅勒妮穿上蓝得像六月天空的毛衣,外面连加件开襟针织外套都不必。她一定要写信向朗德尔太太道谢。她想到朗德尔太太那几颗长毛的痣,那也成了意义深远的美丽回忆。

让她惊讶的是午餐特别丰盛,一只烤鹅伴着一钵苹果酱出人意料地出现在餐桌上,仿佛过往圣诞的鬼魂。一定是玛格丽特舅妈偷偷订的,好给大家一个惊喜。看见烤鹅,守财奴菲力普舅舅皱起眉头,拿起刀狠狠插进鹅腹,填料都被挤出来喷在上好的织花桌布上,玛格丽特舅妈还得用汤匙把填料舀回去。菲力普舅舅狠狠攻击那只毫无防御能力的鹅,简直像想再杀死它一次,也许是觉得当初宰鹅的屠夫办事不牢,玛格丽特舅妈用来烤鹅的炉子又不够热,没让它死透。他手里握着凶刀,若有所思地盯着芬恩看,一时间梅勒妮真怕他先前是拿烤鹅练习致命刀法,现在动作既已纯熟,就要转而对付芬恩。但最后他只是吝啬地分给芬恩一份鹅皮和骨头,情绪低落的芬恩只用叉子把食物在盘子里拨来拨去,没吃。菲力普舅舅大快朵颐,像亨利八世那样连骨头都啃嚼一番。餐桌上气氛凝重,没人多做流连。

全伦敦,男男女女都戴着色纸做的帽子[1]看电视上的女王演讲,一边拿小钳子嗑核桃一边用黄褐色的波特酒互敬。难以相信的是,在这栋屋子里,一待大家食不知味地吃完碎果甜派加白兰地奶油,菲力普舅舅和乔纳森就回去工作了。洗完碗盘,玛格丽特舅妈拿出绉绸短袍,在那些交叉系带上最后再下点功夫……

梅勒妮试着不去看短袍,因为会让她想到那只未知且无知、翌日就将蹂躏她的天鹅。一想到那只天鹅,她就害怕。这个下午令她窒息。维多利亚敲打锅子,半念

---

[1] 这也是英国习俗,团聚吃圣诞大餐时众人常戴上小纸帽,增添热闹气氛。

半唱着歌曲片段,玛格丽特舅妈怜爱地摸摸她的小脑袋,她们两个在一起是那么快乐。梅勒妮的头更痛了。她悄悄回到自己房间,但弗朗西斯正在演奏慢板乐曲,一段段乐句踩着柔软忧郁的小脚绕着她转,她觉得自己的心快碎了,完全不知该如何自处。她捡起天竺葵的黄色枯叶,在手指间捻碎,发出香气。她瞪着自己的手。五根手指头。五片指甲。

"这是我的手。我的。但它有什么用处?"她想,"有什么意思?"

她的手看起来奇妙又令人惊讶,是个不属于她的东西,她不知道怎么用。手指头是人,是一家人。大拇指是父亲,短而粗壮,八成是北方人,说起话来元音平而有力;食指是母亲,瘦瘦高高,出身中产阶级,常说"亲—爱的",吃甜点、柳橙时要用刀叉。他是不是刚赚了大钱,娶了个地位比他高的妻子? 他一副抬头挺胸虚张声势的样子,是个在世上挣得一席之地的男人。还有三个好孩子,其中两个已经成人,一个大男孩一个女孩,另一个刚进入青春期。她动动手指,那家人便乖乖跳支舞给她看。然后她吓坏了。

"我一定是快疯了!"在这间疯人院里,就像芬恩说过他会发疯,她也会发疯。她用窗帘包住头,不想听见弗朗西斯的琴声,不想看见房间逐渐暗下来迈向明天。她感觉圆形的世界旋转着,带着小得不能再小、愤怒又迟疑的她,进入新的一天。她看见渺小的自己站在教室里的地球仪上,看见地球在广袤沉默的太空中旋转,再一次感觉自己逼近神智失常的边缘。人从十五岁迈向十六岁的时候,是不是会精神崩溃?唉,她一定是头一个,特例。天鹅就在她头上,像达摩克利斯之剑[1]挂在那里,如影随形地跟着她,不管渺如尘埃的她被交错吹袭的狂风吹到哪里。

"哦,我不可以害怕那只天鹅。这只是演戏而已。"

但她怕的不是天鹅,而是把自己献给天鹅这件事。

翌日,当她梳好头发、穿好短袍,维多利亚用黏黏的手抓着绉绸,叫道:"漂亮小姐!漂亮小姐!"

"你真的这么觉得吗?"梅勒妮渴盼地说,仿佛维多

---

[1] 罗马传说,达摩克利斯曾美道君主的生活何等惬意,君主便邀他赴享盛宴,大快朵颐之际,他突然发现一把剑仅用一根马鬃悬吊在自己头顶,这才醒悟高居上位的掌权之人看似优渥幸福,却得时时提心吊胆。

利亚的意见很重要,或者漂亮是一种保护。

"对啊。"身穿水果色毛衣、圆得像颗水果的维多利亚加强语气说。正把花别在梅勒妮发上的玛格丽特舅妈虽然戴着勒人的项圈,也尽可能点头。她穿着那件直筒筒的灰洋装,看起来像根陶立克式柱子,但头发没有像平常隆重穿上最好衣服时那样牢牢盘好,一绺头发散落在耳旁,让她看起来有种不协调的、略显放荡的味道。她一定是太忙太担心了,才没把头发梳好。她和其他人都那么干净,穿着最体面的星期天行头,显得那么衣着整齐,让梅勒妮觉得自己袒胸露背的不像样,好像唱诗班女孩穿着紧身网袜领圣餐。好啦,现在她进入演艺圈了。

"我排练得不够。"她声音发抖。

"你没问题的,"弗朗西斯说,"别紧张兮兮,丫头,快开演了。"

"哦,弗朗西斯。"她说着咽了口口水。他拍拍她盖着绉绸的屁股以示鼓励。

"会叫的狗不咬人,他其实没那么凶。"

这句形容菲力普舅舅的话她已经听过,但并不相信。她瑟缩想着万一自己表演不佳，舅舅会做出什么事，想着自己的鲜血染红木偶戏的小舞台。但舅舅看到她时，似乎起码对她的打扮很满意，上下打量了一番，说："可以。到幕后面去。"穿着礼服外套和直纹长裤的他看起来庞大无比，像头公牛。也许他就是公牛，鼻孔喷着火，会变成假扮公牛的迦孚[1]，然后弄乱神话情节，把扮演欧罗巴的她扛在背上越过这片有海豚嬉戏的绘制海景。她紧张得不得了，胡思乱想个不停。

这次只摆了三张椅子，因为梅勒妮不再是观众。"禁止吸烟"的牌子还挂在布幕上，但另一张新设计的海报则宣布："圣诞节盛大新奇表演——艺术与自然携手，菲力普·花监制的独特节目。"画面上是菲力普舅舅高举着拉线控制的美丽天鹅，身旁围着一圈有点像侏儒、蹦蹦跳跳的小女孩。

舞台是个方盒子，一侧是红色，一侧是海景，上方是灯架，神情阴沉的芬恩蹲坐在那里像只蟾蜍，脸色黑暗、苍白、暴躁。她看不到天鹅，一定是藏在台侧。舞台上

---

[1] 迦孚（Jove），罗马神话中主神朱庇特（希腊神话称宙斯）的另一个名字。

撒满形状大小各异的贝壳,有蛤蜊壳,有又大又圆珍珠色泽的贝壳,有尖长刺人的小贝壳。在布幕那一边的另一度时空,玛格丽特舅妈和两个小的正入座准备看戏。梅勒妮站在满地贝壳间,觉得自己很蠢。

"把你那粗笨的鞋子脱掉,你这蠢货!"菲力普舅舅正爬上一截短梯到芬恩那里。梅勒妮脚上还穿着下楼时穿的系带厚重鞋子,配上短袍看起来一定很荒谬。她踢掉鞋子丢向台侧,没了鞋子让她感觉更赤裸了。

灯光有了一连串万花筒似的色彩变化,是芬恩在测试各式各样的照明效果。她试着想别的事镇定自己,某些愉快的事,毛茸茸的小猫,配茶吃的马铃薯司康饼,但怪的是,想到这些东西却让她想哭。她开始背九九乘法表,好挨过这段时间。头顶上,芬恩和菲力普舅舅窸窣动作,喃喃说话。

"音乐!"

舞台红色的那一侧外,弗朗西斯开始演奏《天鹅湖》的一些片段,以周日晚上广播节目"大饭店"的风格。"就是啊,"她想着,克制住突然想咯咯笑的冲动,"不拉《天鹅湖》还能拉什么呢。"觉得自己比庸俗的菲力普舅舅优越，令她心安。他一定很喜欢柴可夫斯基，因为他边听边随拍子点着他那颗沉重的头。他翻动手里的稿子，念道：

  暮色中，丽达在海边捡拾贝壳，浑然不知自己已被天神迦孚选择为伴。

芬恩拨动一个开关，舞台上变成淡棕色薄暮。一束聚光灯打在她身上，她愣住了。菲力普舅舅咬牙切齿说道："快开始，那个叫什么的！"

帘幕拉开，她在聚光灯照耀下挽着裙摆，捡贝壳放在裙里，弯腰又起身，弯腰又起身。弗朗西斯在那里，小提琴抵着下巴；舅妈和弟弟妹妹在那里，都在鼓掌。感觉就像在学校表演。去年此时，学校里搬演耶稣降生的戏码，她扮过天使，同样披着白衣裳，但头上还有一个硬纸板剪成的光环。她继续捡贝壳。

"可是我捡这么多贝壳要干吗？"她想。随即她就知道了。菲力普舅舅突然用裹着布的棍子敲打一片金属，制造雷声，她吓了一大跳，贝壳全掉了。然后天鹅现身。

天鹅几乎跟她一样高,夹板做成的蛋形身体漆成白色,黏上羽毛。她猜天鹅的长脖子是橡胶,因为那脖子弯曲摇晃起来仿佛有自己的生命,令人发怵。然而天鹅的头和喙都是木雕的,镶着黑玻璃眼睛,鸟喙漆成金色。翅膀仿照模型飞机的架构,但是有弧度,细木条搭成弯弯骨架,覆盖一层白纸并贴上羽毛,鹅身下伸着黑色双腿。这是一只丑怪戏仿的天鹅,要说是出自爱德华·李尔的设计也不为过,一点也不像她想象中充满阳具暗示的野鸟,反而粗笨不起眼又古怪。看见它笨重前进,她几乎又要大笑起来,但还是依指示跑开以躲避天鹅,地上的贝壳割伤了她的脚。

天鹅鼓动翅膀,因为菲力普舅舅拉着线。天鹅追她,麻木不仁的鸟喙左右乱戳。小小的观众群再次鼓掌。天鹅放低腿,像一架模型飞机准备降落。"设计得真巧妙。"梅勒妮心想。两只有蹼的鹅掌是塑料布做的,着地发出轻微的一声噗。她停下脚步,不知接下来该怎么做。天鹅摇摇晃晃,朝她有备而来。她暗自希望有人给她个暗号。菲力普舅舅念道:

丽达试图逃开从天而降的访客,但他的美丽和堂皇令她拜倒在地。

"哦,我得倒下。"她想着,踢开贝壳跪下。就像命中注定或时钟准点,天鹅啪啪啪踩着脚过来了。她想到特洛伊木马也是用中空木头做的,如果她没演好,说不定天鹅身侧会打开一道暗门,冲出一支侏儒版菲力普舅舅的发条玩具大军来痛揍她。这可怕情景似乎非常有可能成真,她再也笑不出来。她开始出现幻觉,仿佛自己已不是自己,被除去了人格,在别处看着这场幻想;而在这舞台上经过安排的幻想中,任何事都可能发生,就连那四不像天鹅也可能成真,在暴风雪般的漫天羽毛中强暴这个女孩。天鹅巍然笼罩这个既是又不是梅勒妮的黑发女孩,中空的身体像蛋白酥又白又轻,脖子扭动缠绕,鹅头左右乱点。音乐振动着逼近折磨的高潮。

两年前她听过《天鹅湖》,也是在圣诞节,坐在科文特花园歌剧院华美的红色座椅上,当时是父亲带她去看芭蕾,作为学期结束的奖励。有段时间她很喜欢芭蕾。现在轮到她跟一只假天鹅在舞台上,鹅肚靠住她的脚,她感觉到了。往上看,她可以看见菲力普舅舅正在操纵它的动作,他专心一致,不觉张着嘴。她注意到他的黑领结布料上有平滑圆点,会反射光线发亮。她在窸窣的天鹅身下动了动,天鹅正使劲挥舞翅膀,掀动她的头发,吹跑了一朵雏菊。之后她什么也看不见,只看到聚光灯一片耀眼的粉白。

"万能的天神迦孚借由天鹅形体行使他的意志。"菲力普舅舅的声音低沉严肃,像管风琴的音符黑暗响亮,与哀戚的小提琴成对比。天鹅笨重向前一跳,落在她胯下。她拼尽全力要推开它,但它的翅膀像帐篷将她整个包围起来,头向前垂落在她颈间,金漆鸟喙狠狠戳进柔软的皮肉。她尖叫出声,但几乎不知道自己在尖叫,除了猛踢的双脚和尖叫的脸,她整个人都被天鹅覆盖。猥亵的天鹅骑在她身上,她再度尖叫,嘴里都是羽毛。掌声中她听见布幕唰唰合上,她以为那是大海的声音。

恢复意识之后,她发现芬恩跪在身旁,正替她把裙子往下拉好。先前,激情的天鹅把她的衣服扯掉了一半。芬恩脸色凝重,她看着他,仿佛他是个穿格子羊毛衬衫和破旧灯芯绒裤的陌生人,一脸没刮的胡茬。"他耳朵长得很好看。"她想着,第一次注意到这一点。他的耳朵小小的,形状优雅。这人看起来颇为面熟,她试着回想以前在哪里见过他,但是太难了,她放弃。她环顾四周寻找天鹅,它已经被拖开,垂着线挂在那里稍稍左右摇晃,没了行动能力只显得可悲。

"没事了,"芬恩说,"表演结束了。"

然后她认出芬恩。当然是他,他会画画,是她的朋友,不管朋友是什么意思。像穿外套一样,她慢慢把梅勒妮这个身份重新披上。菲力普舅舅气冲冲凶巴巴地走下楼梯,没好气地命令芬恩回去管理灯光。

"你演得太过火了。"他对梅勒妮说,反手赏了她一耳光。"演得像连续剧一样。木偶就不会过火。你毁了其中的诗意。"

她脸刺痛,说:"那只天鹅把我吓坏了。"但他听而不闻,只顾整理领结。舞台一片耀眼灯光,她、菲力普舅舅和天鹅得到响亮喝彩,感觉简直像持续了好几个小时,他们又是鞠躬,又是行礼,又是接下玛格丽特舅妈抛来的纸玫瑰,直到舅舅大吼:"开灯!"合上的布幕终于不再拉开。他脸上的笑容立刻关掉,伸手抱住软垂在地的天鹅脖子。

"演得好,老朋友。"他对它说。木刻的鹅头左右摇晃。

"还有事吗?"梅勒妮问,发着抖,这番反高潮令她恶心想吐。

"没了,滚吧。"

她捡起鞋子离开。玛格丽特舅妈和弗朗西斯亲吻她,弗朗西斯说:"你演得很好,好得很。"一切都结束了。她首度亮相后,又活了回来。她头发上有羽毛,身上沾了灰尘。她梳拢头发,拿下雏菊和羽毛,穿上平常穿的裙子和新毛衣,毛衣伸出友善的手抱住她,但她仍然感觉疏离、隔绝。

这天的茶点是巧克力原木形蛋糕,点缀着一只糖做的小知更鸟,它被维多利亚拿下来吃了。这蛋糕看起来极度珍奇而不可能出现在现实生活中,宛如想象中的事物。她吃了她那份蛋糕,但食不知味。围坐桌旁喝茶的这群人扭曲又陌生,就像映在女巫球上的缩小倒影。她看着菲力普舅舅用白底绿边的茶杯灌下四杯茶,想着茶水慢慢在他肾脏里变成尿液;他可以把一种液体转换成另一种,感觉好像炼金术。他还可以把木头变成天鹅。他胡子上有巧克力糖粉,那会被他变成什么?她想得出了神。他的沉默是有体积、有高度、有重量的,从这里直达天顶,填满房间。他像土星一样沉重。她就跟此一足以把人压成齑粉的沉默元素同桌喝茶。

但她的眼神一再投向女巫球上那并不离谱的扭曲影像。她发现自己在纳闷,何者才是真桌子真人,何者才是倒影。她刀上的巧克力糖粉并非实证,蛋糕上的涂漆纸扎冬青枝本身就是假的。菲力普舅舅喝着茶,一切都被他所带来的重力压扁成剪纸。她觉得自己根本没有影子。

她不记得那天晚上是怎么过的,但时间一定还是不知怎么的照常过去了,因为接着她就上了床,栖息在睡与醒之间的灰色无人地带。维多利亚,幸福的维多利亚仍生活在流着奶与蜜的贝莱[1],那处伊甸园里蛇仍沉眠

---

[1] 原文 Beulah 是希伯来文,意为"有夫之妇",典出《圣经·以赛亚书》六十二章四节:"你必不再称为撇弃的,你的地也不再称为荒凉的。你却要称为我所喜悦的,你的地也必称为有夫之妇。因为耶和华喜悦你,你的地也必归他。"

在未来,天真无邪的维多利亚熟睡着,但梅勒妮听见门外传来刮抓的声响。她不相信这声响,假装自己睡在老家的条纹被单下,窗外的苹果树绽放霜花。然而刮抓声仍然持续。她睁开眼睛。

一根月光的手指伸进窗帘,伸在床脚,照亮一处凸起物,好一会儿她才认出那是自己的脚,松了口气。门上传来刮抓刮抓的声音,然后有人低语:"我是芬恩。我想跟你说话。"

她躺在薰衣草里,而芬恩想跟她说话。她试着辨识这其中的逻辑,但是想不出来。

"你想进来就进来吧。"她说,让自己随波逐流。

但来者到底是不是芬恩?房里太暗看不见,低语声又听不出身份,只像金属刮过的声音。她不安地看着那黑影摸索过房间走向她的床,踩在无声黑暗里宛如游泳。但那呼吸声正是芬恩,绝对没错,听起来像用锯子演奏的音乐。每个人的呼吸声都是独一无二的。他缩在床边,闻起来也像芬恩。每个人的气味也是独一无二的。但他身上有一层浓烈的夜色气息,呼吸也有很重的酒味,虽然看起来他并没喝醉。他牙齿打战的声音之响,几乎像是在用汤匙演奏。确定来者是芬恩让她安心,但他这副模样又让她担心。

"怎么了,芬恩?"

"哦,梅勒妮,哦——"他牙齿打战得太厉害,说不出连贯的句子,全身都在发抖。她摸摸他额头,烧得厉害,他猛然惊跳地避开,仿佛她的手让他疼痛。

"你生病了!"

"我不知道。没有。"他说着紧咬牙关,好阻止打战的声音。

他又难受又沮丧,爬向她的床边。她无心去管怎么会这样或者为什么。他在这里了,然后呢?此时此刻,一朵枯萎的天竺葵掉落,发出面纸般轻柔的声响。少了一朵花。

"梅勒妮,"他说,"听我说,我可不可以到你床上待一会儿?我感觉糟透了。"

她在维多利亚这个年纪时,若是晚上看到鬼,就会穿着睡衣跑到母亲房里,挤在父母间的温暖缝隙安然睡去,夹在孕育出她肉身的父母肉身的中间。

"可是——哦,嗯,好吧。"她把被单拉在身上保护自己,但不忍心叫他走开。他衣着整齐,此时踢掉鞋子,一只,两只,然后爬上床挤在她身旁,带来一股潮湿泥泞的户外气息。他的袜子是湿的。

"我满身都是泥,"他说,"真不知道我们要怎么向玛格解释被单上的泥巴哪来的。拜托你,梅勒妮,你可不可以抱我一下,直到我感觉好一点?"

这是个诚实而单纯的请求,于是她抱住他,直到他牙齿不再打战。她不知道该做何感想。此刻是今天白天那整段不真实遭遇的延续,但不知怎么的,夜里感觉起来似乎比较平常,仿佛已经发生过很多次。他那件消防队员外套的铜纽扣紧抵着她肋骨。

"你跑到哪去了?"她终于问。

"游乐园。"

"老天爷,你三更半夜跑去那里做什么?"

"参加葬礼。"

"是谁下葬?"她说,一时间准备听到某人的死讯。

"那只天鹅。"

"你说什么?"

"那只天鹅。入土为安。那只天鹅。"

"你埋了,"她复述一遍,以便在脑海里整理清楚,"那只天鹅。"

"对。"他的声音轻飘飘的,没有重量,听来很奇怪。"首先,我在工作室里把它分了尸。我拿着玛格那把劈柴火的小斧头,下楼去把它大卸八块,剁得碎碎的。很容易。"

"哦,芬恩,不会吧。"

"就是这样。"

两人的低语暂停片刻。夜风掀动窗帘。现在她眼睛习惯了黑暗,可以看见与她并肩躺在枕头上的他的脸,但只有模糊轮廓,其他都看不清楚。

"芬恩,这实在是件大事!"

"这是一个表示。"

他们又跌进沉默的坑洞,最后终于浮出。

"你全都自己一个人做的!"她惊异说道,想象他在那满满充塞着菲力普舅舅的存在的工作室里,被断手断脚并盯着他看的面具包围。

"哦,是这样,弗朗西斯出门拉琴了,齐尔本那里有场通宵的爱尔兰派对。不然我想弗朗西斯应该会跟我一起动手吧。所以我得来找你,因为我回来的时候感觉很糟,需要有人陪,"他舒服地动了动,"现在好多了。老天在上,我以为我这辈子再也舒坦不了了。刚才我觉得浑身又滚烫又冰冷,好像要死了一样。"

只要他们靠近一点,床上就有足够空间容纳两人。

"今晚有一点月光,"他说,"我掉了一路的羽毛。我看见一个男人遛狗散步,就慌了,躲进一片树篱。谁会三更半夜遛狗啊?他一定有神经病。"

"可是你为什么要敲烂那只天鹅?"

"我躺在床上,突然就想到要这么做。我不知道为什么,就是突然想到,我要宰了他的天鹅。我灌了几口弗朗西斯的酒壮胆。"

"他会杀了你。"她说,他没回答。维多利亚在睡梦中发出咯咯轻笑。梅勒妮又说了一次:"他会杀了你。"同时心想:"当然了,他就是要我这么说。"

"咱们就这么摊牌吧,我和他。"

"哦,你真傻!"

"你小声点,别把小娃儿吵醒。"

"我想只要事情跟菲力普舅舅有关,你脑袋就不清楚。"

"别唠叨我,"他说,仿佛两人已经结婚多年,"我这一夜过得够糟了,你别再唠叨我。愿上帝保佑我不受夜晚的凶险危害。"

床一阵动弹,她本能地朝后退,以为他要摸她,却震惊地醒悟到他是在自己胸前画十字。她完全不知该做何感想。今晚他一定受尽了磨难,就像她试穿新娘礼服那一夜。在游乐园里,芬恩走进了危机四伏的夜色森林。"我也走过这么一遭。"她心想,几乎想为两人哭一场。

"我把天鹅埋在女王附近。"如今他的声音变得毫无起伏,闲聊似的说。"你觉得我这样做是不是蛮好心的?我大概是觉得它们可以做个伴吧。"

"呃,"她说,"埋在那里也不比其他地方差。"

"我也不知道为什么要跑去游乐园,明明可以直接把天鹅碎片丢进垃圾桶。但不知为什么,感觉就是把它埋在游乐园最好。不过,你知道吗,我在游乐园里几乎神智失常了,状况真的很糟,梅勒妮……那头石狮子在跟踪我,我确定。我还听见它的咆哮声。而且女王直直地站在基座上，我得承认那可把我吓坏了。我大老远就看见她站在那里，但她一定是看到我来，就赶快下来趴在地上，那烂女人，我走到她旁边的时候她可已经趴得好好的了。然后我还听见有人在弹六角手风琴，声音非常微弱。这一点最让我不安。"

"弹的是什么音乐？"她问。

"你在取笑我。"他埋怨道。

"没有。"

"我带了一把铲子去埋天鹅，可是铲子一路掉，老从我手里滑出来，好像不想跟我去。而且天鹅那脖子不肯被砍断，斧头砍下去就弹起来。我把天鹅头藏在雨衣里扣好扣子，可是脖子一直伸出来，一直东看西看我要带它去哪里。我还抱着天鹅的其他部分，还有那把铲子，两只手根本空不出来，我跟你说，要是别人看到天鹅脖子伸出来那样子，一定会以为我是暴露狂。我窘得要命，还一直摸裤子拉链，看有没有拉好。"

他一直说个不停，就像以前那样没有顾忌。比以前还没有顾忌。

"这一夜你一定过得惨透了，可怜的芬恩。"这一天，他们两人过得都很糟。她感觉他们的经验似乎有所平行相似,她能够理解他的狂乱。"可怜的芬恩。"

"啊,不过毁了那天鹅真是愉快。"

"我真希望你没这么做。"

"它压着你,"芬恩说,"骑在你身上。我这么做一部分也是为了你,因为它骑在你身上。"

"它没有伤到我。"

"何况菲力普·花爱它爱得不得了。"

"接下来会发生什么事?"

"我说不上来,"他说,"只能猜想。"

他们平静躺在床上,就像一对夫妇,一辈子都坦然共躺一张床。跟芬恩共睡一个枕头似乎是全世界最正常的事,但梅勒妮只要一闭上眼,就仿佛又回到天鹅翅膀下白色冰屋般的空间。那天鹅太大、太强势了,不可能突然就这么不存在了。

"那天鹅是个荒唐的东西,"她说,"不过却花费了那么多心思。"

"他整个身心都投入了,所以非毁它不可。哦,我好累。"

"那就睡吧。"

"它会飞进窗子来找我算账。"

"不会啦,笨蛋。"

"你对我好凶。"他抗议。

"因为我头脑清醒。"

"也许吧。"

"把袜子脱了,芬恩。你袜子都湿了,你会感冒的。"

他照做了,床一阵小地震。

"那里的草是湿的,高得超过我的鞋子,弄湿了袜子。那草长得好高,而且夜里感觉比白天高,为什么?"

"不知道。我也注意到这一点。"

然后他们安静下来一同入睡。他会打鼾,这点在意料之内,因为他老是张着嘴呼吸。但梅勒妮很快就习惯了他的鼾声,进入梦乡。

她梦见自己是乔纳森。这一整天她对自己都好没把握,现在发现自己其实是乔纳森,几乎可以说是松了一口气。她透过厚如瓶底的镜片看见既相同又不同的世界,感觉自己的膝盖在灰短裤和系着袜带让人发痒的长袜之间整个露出来,听见大海不停地呼唤。"我必须再次出海。"这股拉力好强烈,就像潮水的潜流。世界变成近视眼中一片模糊,她是睁眼瞎的乔纳森,在这栋屋子位于高高崖壁、刷着白色灰泥的洞窟里,躺在他的小铁床上无法成眠。后院有海水冲刷墙脚。他聆听海水歌唱,海鸥尖鸣,再也忍不住了,他终于起身。

当然,他身上穿的是那套赛车图案的白睡衣,洗得有点褪色,领子上还有老家乡下洗衣店的标签。他穿上鞋,穿上左襟有校徽的灰色法兰绒外套,保护自己不受咸咸海风的侵蚀。他拿起床边椅子上的眼镜戴好,然后小心翼翼打开通往走廊的门。

月亮正好框在天窗里,在飞掠而过的云层间朝他眨眼睛。乔纳森小心谨慎地悄悄下楼。他的思绪开始闪烁不清,仿佛影片放映发生问题,梅勒妮发现自己的影像重叠在他身上,两个身形踩着同一双脚偷偷下楼;经过一扇扇关着的门时,这对连体双胞胎身体有一部分惊跳了一下,想象每一扇门钥匙孔后都有一只疑惑的眼睛在看他们。但乔纳森并不在意,梅勒妮的影像不久就消失了。他穿过店面,店里月光照在擦得光亮的木头上,鹦哥仿佛以纯银打造;然后他下楼来到工作室,这里就如他猜测的一样,是大白天。

天光从拉开的舞台布幕间照出,照亮整个工作室,芬恩画的海景波光粼粼,每一波小小海浪都有白色浪头。天空蔚蓝,阳光普照,这是美丽的一天。乔纳森看着画出来的水交融改变,打着漩冲上沙滩,云母、沙粒闪闪发亮,远方还有海豚在水里翻跟斗嬉戏。海豚们看见他,喊道:"嗨,乔纳森!乔纳森终于来了!"声音高亢带有鼻音。他向来都知道海豚会说话,他在图书馆的一本书上看过。沙子在他脚下嘎啦嘎啦,像咬早餐玉米片发出的脆响。他走在海边,一股清风拂过镜片,舞台不见了,但他并没有回头去看它怎么不见或者跑到哪里去了。

走着走着,他看到一艘小船搁浅在沙滩,一对桨已经架在桨钩上。他把船拖到水边往前推,直到船身在水里浮起,然后爬上船。他站在船艏,一手搭在眉际朝海平面张望,确定大船的位置,那船已经扬帆待发。在轻轻溅起的水花中,他朝帆船划去,接近时,船侧滚下一条绳梯。他听见出航前的船笛声,水手以汽笛声迎接他上船,这是该有的礼节。镜片蒙上一层水雾,他不耐烦地摘下眼镜丢进水里,因为他再也不需要它了。眼镜往下沉,水面留下一道气泡,旋即消失。

梅勒妮醒过来,房里是一片模糊近视的朦胧,她双手发痛,仿佛先前在划船。她摇摇头甩去眼中的迷茫,终于又恢复成梅勒妮,双手放松下来。现在是早晨,维多利亚坐在床边的地上,一脸疑问注视着她。维多利亚不知怎么爬出了小床的高栏杆,连身睡衣下摆掀了起来,桃子般的屁股就这么坐在光秃秃的地板上。

"你怎么光着屁股,维多利亚,快上床来免得冻死。"

"他为什么在你床上?"

梅勒妮都忘了芬恩,此时转过身看着他。他侧睡着,脏手枕在脸颊下,外套掀到耳朵旁。睡梦中,他看起来像个乖巧的孩子,还在打鼾。

"他不舒服,"梅勒妮随口搪塞,"昨天晚上。"

"是哦,是哦。"维多利亚模仿大人的语调,满足地说。梅勒妮再次要她上床来。

"我要玛丽特舅妈[1]!"维多利亚说着,脱掉睡衣故意

---

[1] 维多利亚发音不清楚,把玛格丽特念成玛丽特。

作对,像条光溜溜的鱼在房里蹦来蹦去,唱道,"玛丽特舅妈!玛丽特舅妈!"

"哦,别吵了,维多利亚!"

芬恩在床上撑起身,睡眼蒙眬。"老天爷,梅勒妮,叫那小鬼闭嘴啦!"

他们简直像已结婚多年,而维多利亚是他们的孩子。梅勒妮突然预见芬恩穿着荒唐的外套坐在她身旁,一身脏兮兮坐在干净的床上,张着大嘴打呵欠,她看得见他嘴里的红色教堂拱顶,还有发黄的牙齿像变色的唱诗班。她知道他们有朝一日会结婚,一辈子住在一起,家里永远被脏污、泥土、混乱、破烂盘踞,永远,永永远远。还有哭叫的婴儿、要洗的衣服、烤焦的吐司,她一辈子都摆脱不了。永远不会有任何绚丽或浪漫或魅力,没有任何花巧精美,只有混乱和红头发的婴儿。她一阵恶心。

"不要!"她大声喊道,维多利亚先是被这声激动大叫吓得住嘴,然后发怒哭嚎起来。"不要,芬恩,我不要你!"

"干吗呀,"芬恩的语气稍微恢复了一点往日的吊儿郎当,"我又还没占有你。"

"我就是这个意思,"她绝望地说,"你总是这么……邋遢。"

他丢给维多利亚一包口香糖。

"嚼这个。"他建议维多利亚。早上起来,他的眼睛斜得特别厉害。他亲昵地拉拉梅勒妮的头发。他也知道了。他俩如今已绑在一起,不管他们想不想这样;他慢慢来就好,等时机成熟一切自会水到渠成。她不理他,他又稍微用力拉拉她头发。

"怎么啦?你在烦什么,小乖乖?"

"爱尔兰人是不是特别喜欢用'小乖乖'这个昵称?"她分了心,问道。

"哦,我想这种用法在英伦三岛都很普遍吧。倒是你怎么啦?没睡好吗?"

她感到这一切都将无可避免,只能沮丧靠在他肩上,维多利亚则往嘴里猛塞口香糖。梅勒妮简直像已经跟芬恩睡了好多年似的。在脑海的一角,她暗自希望他能表现出一点惊讶或欣慰,但他只是伸手揽住她,态度直接而温柔。

"我做了,"她迟疑了一会儿,缓缓说道,"一个奇怪的梦。"

"是吗?"

"我梦见我是乔纳森……"梦境在她脑海清晰浮现,充满别有深意的预兆。她觉得床像船一样在摇,不过只是芬恩伸手到腋下挠痒。他都不会觉得不好意思,她得习惯这一点。

"你梦到什么了,小乖乖?"

"我梦见乔纳森驾船离开了。那感觉好强烈,好像我就是他。"

"不过是个梦。"

"是吧。"她怀疑地说。

"有一次,"他主动提出,"我梦见我死了上天堂。那里就像游乐场,有吃角子的老虎和弹珠台。"

"那是不是某种预兆或兆头?"

"不知道。也许吧。第二天我就被蜜蜂蜇了。"

"什么?"

"我的斜眼就是这么来的。那时候我们住在孤儿院里,修女管我们,我母亲已经不在了。我想这就是我会梦见上天堂的原因吧。但那是个七岁小孩的天堂,到处都是棉花糖,而且我一玩起足球机就忘了我母亲,愿上帝保佑她安息。"

他掏出一包揉皱的香烟,点起一根。

"那蜜蜂……"

"我一个人在花园里玩,其他人都在祷告。我摘了一朵玫瑰,一只蜜蜂飞出来。它生气了,它本来好好地在采花粉,却被我打扰,所以就蜇了我的右眼。我眼睛没瞎是运气。"

"哦,天啊,"她说,"痛不痛?"

"我忘了。修女们人都很好,我养伤那段时间,她们给了我一大堆软糖、丁香球[1]和宗教图片。这里有没有什么东西可以给我当烟灰缸?"

"没有。"

"哦,好吧,那我就用我的鞋好了。"

"该起床了。"她说着推开被子。他躺在那里抽烟看她。知道原因之后,他的斜眼看起来似乎就没那么严重了。她想到年幼红发的芬恩一脸天真地伸手摘玫瑰,接

---

[1] 把丁香插在橙类水果上做成的香球。

着眼睛就一阵剧痛,修女们则跪着祈祷,想着髑髅地。

"你被蜜蜂蜇成斜眼,好可怜。"她说。

"我已经习惯了,要是没有这斜眼,我还认不出自己哪。"

她解开睡衣纽扣,脱下之际有点迟疑不安,然后想:"哦,他已经看过我没穿衣服的样子很多次了。"反正他此刻似乎也没注意到她的赤裸,只顾躺在那里抽烟,把烟灰掸到床下鞋子里。她穿上蓝毛衣,动手给维多利亚换衣服。维多利亚睡衣那没用过的口袋上绣着一艘游艇。

"可是我还是忍不住觉得,"她说,"那个梦有某种意义。我希望乔纳森没事。哦,芬恩,我真的希望他没事。"

他没回答。

"芬恩?"

他满脸惊惧。

"耶稣啊。"他说。"我昨晚杀了那只天鹅,可不是吗。我一定是醉疯了。"

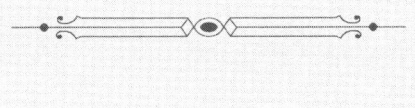

9

她把冷水泼在脸上,洗去眼中荒诞昨夜的残痕。冰透的水令她骤然屏息一醒,撞击着她,实质可触。水就是水,你不能跟水争辩什么,它就在这里。她脸上滴水,从呛咳的水龙头旁抬起头,看见菲力普舅舅的假牙不在了。杯子还在,浑浊的水还在,从齿缝间松动脱落、在杯底积成一层白的腐坏食物残渣还在,但那廉价的塑料狞笑着去了别的地方。看来菲力普舅舅一大早就已经起床,其实连现在时间都还算早。塑料帘上的迪士尼鱼游动起来比以往起劲得多,因为菲力普舅舅的牙齿不在了。洗手台裂缝里有一根白发,毛巾也潮潮的。他是不是沐浴洗刷了一番,独自出门到哪里去了?这可能吗?她边思索,边刷牙,吐出白泡沫,漱口。

旁边有一个后来挂起的牙刷架,是给新来的三个小孩用的。她看见乔纳森那支磨损开花的牙刷还在,跟梦中的预兆不同,不觉松了口气。如果他就此离家一去不返,应该会把牙刷带走,不过(想到这里,她惊慌地咽下了一口牙膏,冰凉的薄荷味)也不见得。但是,用再真实不过的冷水洗过脸后,她可以对那个梦一笑置之了。梳洗干净,头脑清醒,她回房时没料到芬恩还在她床上。她一开始根本没看见他,于是心想:"谢天谢地,我恢复正常了。"

衣服只穿了一半的维多利亚已经爬回小床,在栏杆后狠狠瞪着大眼,两手各抓两根栏杆蹲在那里,绸缎般滑嫩的大腿之间露出粉红的女性褶皱,像竖直的微笑。

"哎呀,你这样好羞羞脸,维多利亚。"

维多利亚继续怒目而视,不理她。

"坏芬恩还在床上。"

他真的来过,现在还在。他缩身深埋在被褥里,在床的索尔兹伯里平原上形成一小堆古坟或墓冢。她掀开被子,他缩成小小一团,像盛在盘里的牙鳕,尾巴塞在嘴里端上桌来。他身上应该还要装饰几根欧芹和几只柠檬刻成的蝴蝶。

"芬恩?芬恩!"

"我还在积攒力气。"他说,眼睛紧闭着。

"菲力普舅舅的假牙不在浴室。"

"当然在他嘴里,这样才好吃我。"

"也许他出门到哪里去了?"

"说得跟真的一样。他是一大清早起来到处搜捕我。"

"你不是说要跟他面对面摊牌吗?"

"啊,可是我现在已经恢复理智了。"

"也许他放假一天休息去了?"

"要是我想过的'也许'全都飞回家来做窝[1],此时此刻我人就会在高威,在自己的小田地上喂猪了。"

一群群棕色羽毛的"也许"在窗外拍打着残破呆傻的翅膀,不得其门而入,她简直可以听见它们咕咕呱呱的叫声。但有这么一只可怜兮兮湿答答的母鸡跑进了屋里,一个奇迹,玛格丽特舅妈的头发挥舞着欢欣的红旗;淡紫色的拂晓时分,菲力普舅舅已经带着乔纳森出门,去伦敦市外某郡一处人工湖参加模型船爱好者的

---

[1] 原文为 come home to roost,即"成真"的意思,这里照字面译出,因为下一段的意象亦与此有关。

聚会。

"哦,天啊。"梅勒妮说。她很想亲手摸摸乔纳森,好确定那场梦只是个梦。但这趟行程听来太不可能,所以一定是真的;这其中有种折磨人的味道,菲力普舅舅会喜欢。何况厨房里充满节庆气氛,她不久便忘记了满腹的疑虑,连培根都在锅里噼啪跳,因为菲力普舅舅不在家。吐司着了火烧得开心,如果被他看到一定会是场灾难,但他不在,所以吐司烧焦就是好笑的事。

"你可以睡晚一点呀。"玛格丽特舅妈用粉笔写道。她没有穿最体面的那件衣服,袜子上的破洞多得像筛子,但她仍别有一种美丽,微笑毫不勉强,动作有自信又可爱,不再战战兢兢像菲力普·花瞪视下一只隆冬的饥饿燕子。他们围桌而坐,用面包把盘里的蛋黄擦起来吃。菲力普舅舅那张不祥的椅子空空如也,是威胁的外壳,是"危险之空位"[1]。

"去他的,"芬恩说,"我要坐在他的椅子上。"

---

[1] 危险之空位(Siege Perilous),典出亚瑟王与圆桌骑士的传说,"危险之空位"是圆桌旁特别空出的虚位,留待日后将追寻圣杯的骑士。

玛格丽特舅妈吓得伸手掩嘴。

"别紧张,玛格,它不会把我吞下去的。"

他坐在桌首主位,俨然一个昏君,喂狗吃橘子果酱三明治,狗看起来吃得津津有味。没多久,芬恩坐在那里似乎就是很正常的景象了。

"芬恩是爸爸。"维多利亚非常满意地说。

"现在还不是,"芬恩说,"不过我们会给第一个小孩取名叫'离得近'。"

梅勒妮被一口食物呛住了。外面,可能就在楼梯间平台上,一群吵吵嚷嚷的斜眼红发小孩正等着,抢着要跑进她肚子里。弗朗西斯利落地拍拍她的背,她不久便恢复过来,吃完早餐。这顿早餐这么丰盛,不好好享用太可惜了,有培根、有蛋、有蘑菇、有番茄、有煎面包、有培根肥油炸冷马铃薯,玛格丽特舅妈一定是用上了食物橱里所有能煎能炸的东西。还有弗朗西斯特别喜欢的罐头豆子,铁锈色的番茄酱汁出现在他领带上,今天他为了庆祝打的是绸缎领带,满是小鸟图案,一定是别人送的。这顿早餐吃了好久,每个人都吃了好多,连玛格丽特舅妈也不例外。坐在菲力普舅舅的椅子上,芬恩似乎变高了,也比平常更有分量。

"咱们,"他说,"今天别开店了吧。"

椅子给了他权威。他们全盯着他看。

"是这样的,"他继续说着,用夸大的姿势点起一根"恬静的亚顿河","昨晚我把他的天鹅给拆了。"

沉默逐渐凝结,像他们餐盘上逐渐冷却凝结的油脂。

弗朗西斯小声说,语气几乎是崇拜的:"你这个疯狂的混蛋。"

玛格丽特舅妈失去了美丽,把维多利亚紧抓在胸前,仿佛她是盾牌或护身符。维多利亚扭动不停。

"所以我们今天不开店。我们来办个派对,替天鹅守灵,奏乐跳舞。不,不跳舞。"

"你拆了他的天鹅。"弗朗西斯敬畏地说,双唇开启像崩裂的墙,露出满口牙齿。他放声大笑,在椅子上前仰后合,一而再,再而三地叫道:"他办到了!芬恩办到了!好家伙芬恩!好男子汉!"他俯身越过餐桌,把餐具碰掉地上,撞翻了橘子果酱罐,一把抓住芬恩的手紧握紧扭,大笑着直到泪水滑下他粗粝的脸颊。

笑声中,玛格丽特舅妈逐渐放松下来,脸上出了太阳。打从梅勒妮认识她以来,这似乎是她第一次思索她可能有自己的明天,可以自由来去,爱穿什么衣服就穿什么,甚至可能开启上锁的双唇开口说话。或者开口唱歌。事实上,此刻她就张开了嘴,忘记自己是哑巴;她嘴唇颤抖,闭上,露出一个微笑。

然后他们一起洗碗,咯咯笑着把水往别人身上洒。这是场肥皂水嘉年华,七彩泡泡飘在空中,破成小小水滴,维多利亚满地跑,追着消失的泡泡。擦杯子时芬恩若有所思,从挂钩上拿下菲力普舅舅的马克杯,杯上由玫瑰花蕾组成的字母好漂亮。他把杯子在手中掂了掂。

"耶稣,玛利亚和约瑟啊,"他说,"我今天长大成人了。"

他举手瞄准,将马克杯朝咕咕钟砸去。小门啪啦打开,鸟蹦出来报出十四点、十五点、十六点。梅勒妮从没见过兄弟俩笑得这么厉害,弗朗西斯歪靠在水槽边像半倒的塔,又是喘气又是打嗝,芬恩抱着肚子在地上打滚。维多利亚也被传染,兴奋得简直发狂,笑得差点从玛格丽特舅妈腿上栽下地。梅勒妮不觉得很好笑,不过倒也乐见咕咕钟的垂死挣扎。布谷鸟标本叫了三十一声,接着猛然弹回钟里,小门砰然关上,一阵乱抖,嘀嗒声就此停止。

"时间就这么结束啦。"芬恩擦着眼睛说。

一整天闲来无事的大好时光就在眼前,感觉就像假期第一天,事实上也正是如此。屋外是晴朗冬日,建筑物轮廓清晰没有阴影,空气中也没有烟雾。后院的小花园试着假装春天到了,踮起脚努力吐新叶。芬恩打开厨房窗户,身体探出去,深呼吸了好几下。梅勒妮从没见这扇窗子开过。

"我闻到海水的味道,"他说,"一定是从布莱顿[1]一路吹到维多利亚来的。"

"哦,芬恩,"梅勒妮忧虑地说,"你真的闻到海水味吗?"因为她想起那场梦,梦里潮水冲刷着一楼的墙壁。

"哦,没有啦,"他承认,"我只是夸张而已。你们知道吗,我要洗个澡。"

于是他就洗了。他用无数壶热水,把自己仔仔细细

---

[1] 英国南部传统的海滨度假胜地。

洗了个遍,连头发都洗了,还叫玛格丽特舅妈用她的锯齿剪刀帮他修剪一番。洗净的他令梅勒妮为之目眩,看起来宛如象牙刻成镶着红金的一座珍贵小雕像,一枚西洋棋子。他回房四处翻找干净衣服,穿着一件前襟打褶的老式白衬衫下楼来,这是配礼服的衬衫,不过他穿有点嫌大。

"我的衬衫都不干净,所以就向菲力普借了一件。"

"我相信他一定不会介意的。"弗朗西斯说。

玛格丽特舅妈连一点担忧的表情都没有,只轻轻抚摸他肩膀,用粉笔写道:"从今以后,一切都不同了。"

这是什么意思?但是没有时间纳闷,他们全回房换上最体面的衣服,因为芬恩洗干净了。梅勒妮回到房间(没铺的床上仍印有芬恩的身形),取出那件漂亮的绿洋装,拿在手里停了一下。她实在不忍心想到玛格丽特舅妈从衣柜拿出那件该死的灰洋装穿上,今天绝对不行。她要把自己的这件绿洋装送给舅妈。她还有很多其他的衣服,而且就算没有,先前穿过好衣裳的这十五(将近十六)年也够她受用了。再想一想,她也拿出装着珍珠项链的红色皮盒,要给就给个彻底。也许最好把她拥有的东西全抛开,也许最好切断她的回忆和梦境,或者用冷水冲走它们。

来到楼梯间平台,她敲敲玛格丽特舅妈卧房的门。舅妈打开门,身上穿着白色棉衬裙,冷得上臂全起了鸡皮疙瘩。

"我想……"梅勒妮说着停了下来,不知该怎么送出洋装。舅妈不安地扬起红眉,示意她进房。梅勒妮从没来过这房间,带着一种奇异的恐惧感走进来。

房内有一座嵌在墙里的衣橱,旁边一个保险箱深深嵌进灰泥壁面,而非如她以前想象的位于床脚。床很宽大,果然向一侧倾斜,而从叠好放在拼布床罩上的条纹睡衣来看,菲力普舅舅就是睡在那一侧。百衲被很旧了,褪色而家常,在这间过分光秃的房里,它看起来格格不入。她猜被子是玛格丽特舅妈的,很久以前跟她从爱尔兰一起来。床边有一把素面直背的木椅,放了个闹钟,钟面上有非常清楚的黑色数字,顶端的金属闹铃保证会凶狠地吵醒你。除了闹钟,椅子上什么也没有。天花板垂下一个灯泡,套着粉红塑料灯罩,地板上有一方棕色素面地毯,磨得连背后的线都露了出来。壁炉架上也是光秃秃的,只放了一张照片,就是梅勒妮母亲婚礼那张,和原本放在她父母卧房壁炉架上,被她撕碎的那张照片一样。

"哦。"梅勒妮说。她一身白的母亲就在那里,还有父亲,还有父亲的家人,还有菲力普舅舅。照片放在窄窄的黄铜相框里。梅勒妮一屁股坐在床上。

"这房子有鬼。"她说。

玛格丽特舅妈在簿子上潦草写道:"什么意思?"

"那张照片。吓了我一跳。过一会儿,我应该就没事了。"

"可怜的孩子。看到它一定让你很难过。"玛格丽特舅妈一把抄起壁炉架上的照片,藏了起来。

玛格丽特舅妈的棉衬裙肩带很宽,领口很高,但还是看得见她锁骨处像盐窖般深凹。穿着衬裙的她看起来像难民营的孩子,全身就剩细细的手脚和大眼。她已经换上没有破洞的长袜,橱门开着,露出那件洋装,灰扑扑直挺挺,一如回头张望的罗得妻子[1]。要是玛格丽特舅妈穿上它,一切都会出问题,照片里的人可能会活过来,菲力普舅舅可能会提早回家,手里还拿着机关枪。

"给你,"她说着把自己的洋装塞给舅妈,"我想绿色应该很适合你,很配你头发的颜色。"

"给我?"玛格丽特舅妈写道,"借我穿?"

"送给你,如果你喜欢的话。"

梅勒妮像侍女服侍贵妇一样帮舅妈更衣,套好洋装,调整裙摆,拉上背后的拉链。舅妈站着动也不动,让梅勒妮替她穿衣,看起来像在领受宣福礼。就算有天使手握一朵长长的白百合飞进来,传达上帝的特别旨意,也不会令人惊讶。

"你的梳子呢,玛格丽特舅妈?"

在衣橱里的架子上,一堆发夹旁边。梅勒妮拿起梳子和所有发夹,开始梳理玛格丽特舅妈的头发,要她坐在椅子上,肩上盖着一块布,照常规的方式来。

---

[1] 典出《圣经·创世纪》十九章,上帝摧毁罪恶之城索多玛与蛾摩拉,事先通知善良的罗得一家人逃生,并吩咐他们绝对不可回头,半途,罗得妻子忍不住回顾,当场化为盐柱。

"没有镜子,她到底是怎么整理头发的?"她想。

更可惜的是,舅妈无法看见自己身穿深绿洋装的模样,无法看见自己的头发在洋装衬托下多了一层鲜亮光泽,皮肤显得比水沫还白。她的头发就像五岁的维多利亚的头发一样又柔又滑,老是逃出发夹的控制,从梅勒妮指尖滑下,她花了好长时间才把头发盘好固定在舅妈头顶。然后她又想:"不对。今天不一样。"于是她抽掉所有发夹,让舅妈头发披垂下来宛如一瀑火星。就像放烟火,不过十一月五日早就过了。红与绿,红配绿,圣诞节的色彩,就像冬青结着红如血的浆果。梅勒妮退后端详成果。

"天呀,"她心想,"我瘦成这样吗?"因为深绿洋装穿在舅妈身上非常合身,除去了她身材那种直通通的别扭,赋予她一种哥特式优雅,凸出的骨盆位置看来仿佛摁上模糊的暗绿指印。还有那头火一样的头发。梅勒妮感觉自己像好莱坞电影里的善良好友,终于说服貌不惊人的速记员女主角拿下眼镜、化个妆。就这么简单。玛格丽特舅妈变得美丽,青春又美丽,痴痴笑着顾盼自得,一只快活的鸟炫耀着新长出来的羽毛。

"这件衣服真的很适合你,"梅勒妮说,"哦,真的太适合了。请你收下吧,我还有好多。"或者说,以前有过。

玛格丽特舅妈终于回过神来,写道:"我今天跟你借来穿就好,趁菲力普不在。我不能拿你的衣服。"

"不,你就留着它吧。还有这个。"珍珠项链。玛格丽特舅妈哭了,不肯收。梅勒妮把项链戴在她脖子上,不接受她的推辞。放手吧,放掉一切吧。

"我本来要戴那条银的。"玛格丽特舅妈写着,落下的泪珠晕染了纸上的字迹。

"今天戴那个不对。"

"珍珠项链我跟你借一下就好了,梅勒妮!"

梅勒妮耸耸肩。她想要把这些东西送出去了事,尽管母亲在房里某处的相框中注视着这一切。送出自己的昔日遗迹,让她感觉自己年轻坚强又勇敢。而且那串珍珠栖息在舅妈的肌肤上是那么甜蜜惬意,肌肤和珍珠散发着同样的光泽。她希望这一天下来,舅妈会愈来愈舍不得这串珍珠,把它当作向来都是自己的。

"那你要穿什么呢,梅勒妮?"

"长裤。"梅勒妮说。

"好一双长腿,"芬恩说,"你的腿真漂亮。"

"我好久没穿长裤了。"

"因为菲力普。"

"现在他不在。"

"没错。"

弗朗西斯坐在厨房,一手拿着小提琴,另一手握着半空的威士忌酒瓶。

"老天爷,"他对芬恩说,"你昨晚真喝了不少威士忌!"

"毕竟是圣诞节嘛,"芬恩说,"何况我半夜渴了。"

"看得出来,"弗朗西斯半嘲弄地说,"你一定醉得一塌糊涂,挥舞着你的小斧头。"

他开始调音。玛格丽特舅妈推开厨房门,手拿长笛,穿戴着梅勒妮的洋装和珍珠,一头灿烂的发。弗朗西斯放下琴弓。

"这才是我的好女孩,"他说,"真美。"

"我记得你以前就是这样,"芬恩说,"在爱尔兰,母亲还在的时候。"

他们共享的过去冒了出来,几乎实质可触,那些共度的年岁,他们的老家,他们的父母。兄弟俩卧房里的那个女人,他们的母亲,她叫什么名字?她平常怎么跟他们说话,对他们表达关爱,又用哪些小名称呼他们?她怎么死的?他们的红头发是否遗传自她,或者她的头发是什么别的颜色?她又梳着什么样的发型?梅勒妮只知道她那张不泄漏心事的脸,以及她死时眼皮的质感,从弗朗西斯通过芬恩的讲述传到梅勒妮的指尖。梅勒妮想分享他们一切过往的点点滴滴,想知道弗朗西斯什么时候开始拉小提琴,又是谁最早给芬恩一组颜料。还有玛格丽特舅妈是怎么认识菲力普舅舅的,那个劫难日是怎么样的一天?还有他们的父亲,是什么样的人?一切,家人间的笑话,父母婚前的情书(如果他们写过情书的话),剪下来珍藏的几绺头发,登在当地报纸出生启事的发黄旧剪报。如果不能知道一切,她感觉自己会死去。

"你母亲是什么样子的人?"她对芬恩说,开个头。

"就是个母亲的样子。"

他又在喝威士忌了。不久,他就会多愁善感起来。

但他并没有对她咧嘴笑,她很高兴他那副半人半羊牧神般的笑容已经安全地收藏在画里的恶魔脸上,再也不会让她困窘。弗朗西斯和玛格丽特舅妈演奏起吉格舞曲和利尔舞曲,弗朗西斯一只脚打起拍子。

"来一点踏步舞吧,芬恩。"弗朗西斯说。

"我跳舞的日子已经结束了。"

"才没有。"

"真的,结束了。我从高处跌下,又解体了一只天鹅,所以再也不跳舞了。何况,我现在几乎已经是个有家室的人啦。"他拉拉梅勒妮的头发,她头发披散着,因为今天是假日。

"你在开玩笑吧。"她怀疑地说。他搂搂她。她很不习惯闻到他身上有肥皂味。

"命运把我们抛进了彼此怀里。"他说。

"你喝醉了。"

"我想我很快就会醉了。"

"你差不多已经恢复以前的样子了。"

"没有。咱们别夸大到这个地步。"

他其实是吃力地做出快乐的样子,这并不自然,他太努力了。梅勒妮为他感到难过,又靠近他一些,两人一同坐在桌上。弗朗西斯的威士忌几乎喝光了。

维多利亚穿着花朵图案的罩衫,头上绑一个粉红蝴蝶结,兴奋得过了头,一直尖声笑嚷,在厨房里跳来跳去,从这个人腿上爬到那个人腿上,抓着他们的衣服。但没人在意,音乐响得根本听不见她的吵闹声。弗朗西斯和玛格丽特舅妈靠在一起,演奏起来宛如一体,撼动整个厨房,六个八拍,九个八拍,十二个八拍。《把酒桶滚进来》《在酒馆里》《伯爵的椅子》《早晨露珠》《琪蒂去挤奶》《高威浪游》《阿瑟隆之旅》《炉架上的烟斗》,一曲一曲又一曲。狗坐在毡毯上,摇动尾巴打着拍子。芬恩不时敲打汤匙演奏,直到汤匙从他手中掉落。他和梅勒妮坐在桌子上,有时伸手爱抚她,梅勒妮没有阻止他,因为不太知道要怎么阻止,而且也不确定自己想要他住手。等到酒馆开门,芬恩叮叮当当拎回好多瓶健力士啤酒,不过梅勒妮不知道他哪来的钱。

"我买了健力士,好证明我们是爱尔兰人。"他说。

弗朗西斯和芬恩不由分说,逼着梅勒妮喝了几口那浓稠的啤酒。弗朗西斯活泼得不得了,像个小男孩;玛格丽特舅妈看起来比梅勒妮还年轻,因为比梅勒妮无忧无虑。《生病时,你想喝的难道是茶?》《马洛的耙子》《她走了》。吉格舞曲和利尔舞曲,一,二,开始了。

"菲力普舅舅不在,真是好太多了。"梅勒妮说,逐渐感到开心。

"等他回来,我就动手揍他,"芬恩说,"弗朗西斯转移他的注意力,我下手。然后我们一起抛下他走掉,管他趴在地上怎么哀求。这样就可以修理他了!很容易,我从没想到会这么容易。"

梅勒妮的洋装在玛格丽特舅妈身上是松树林的颜色,舅妈正坐在快乐的树梢,吹着笛与弗朗西斯合奏,维多利亚则在地上滚来滚去。楼下店面仍是圣诞前夕的混乱光景,地下室工作间也仍撒满一地羽毛,但厨房里满是欢笑。(《士兵的欢乐》《把桌下的猫哄出来》《爱玩的派迪》,他们会的曲子多不胜数。)地板上散落着瓶盖和空酒瓶,空气里愈来愈浓的香烟烟雾泛着青蓝。肚子饿了,就吃冷鹅肉、冷填料、奶酪、面包、碎果甜派,然后音乐继续。芬恩不明智地拿健力士给维多利亚喝,她突然就醉倒在毡毯上,头躺在狗的脚爪之间。房里逐渐有种放荡不羁、恣意随便的味道。

"我会尊重你的年轻和天真,梅勒妮,"芬恩说,"别害怕。"

"那你为什么在游乐园吻我?我明明不喜欢那样。"

"你是在我吻了你之后才知道自己不喜欢那样的。"

她想:"哦,他现在可真的醉啦。"

"看着我。"他说着把她转过来面对他。

"干吗?"

"看着我。"

他们彼此相视。他是不是想催眠她?就像在游乐园的那一次,她在他斜视的黑眼瞳中看见自己。"吾脸在汝眼,汝脸在吾眼映现,面容即可见心之诚之挚。"约翰·邓恩,生于1572年,卒于1632年,又名杰克·邓恩,又名圣保罗司祭。在学校的诗选课本里,他是放在莎士比亚作品选段和亚历山大·蒲柏的《秀发遭劫记》之间。少女全都好爱约翰·邓恩。约翰·邓恩认为,两人视线交缠之际,灵魂也水乳交融,就像芬恩跌落那晚木偶线那样纠缠难分。她就在芬恩的脸上,就在那里,双重映现。

"我不要被人催赶。"她急了。

他倾身,一只手指按在她唇上。

"嘘。"

他们对看之际,音乐停了,小提琴和长笛都丢在地上,弗朗西斯和玛格丽特舅妈相拥。那是恋人的拥抱,使全世界消弭于无形,仿佛两人身在午夜山顶,狂风吹袭四周的树枝。姐弟俩跪下来,整个房间一片安宁,烟雾袅袅消散。聪明的狗和狗的画像凝视他们,眼神里没有谴责。

"走吧,"芬恩说,"我们在这里是多余的。"

梅勒妮瞪大了双眼,神色凝重,由着他把她拉出厨房,关上门。厨房外很冷,芬恩的白衬衫像冰山耸立。他从衣架取下消防队员外套,穿上,扣好纽扣,神态相当清醒。也许以前他只是假装喝醉。

"这是乱伦,"梅勒妮低声说,"就像古希腊的王族那样。"

"是的。"芬恩说。

"我一直都没猜到。"她说。

"没有。"芬恩说。

"我以为她最喜欢你,因为你是老幺。"

"你别再说了,好不好?"芬恩说。

两人上楼到他房间。她很高兴自己穿着朗德尔太太送的毛衣,是朗德尔太太用那双持家的手打的,羊毛来自吃普通青草、发出预期中"咩咩"叫声的臃肿绵羊。她坐在芬恩床上,说不出话来。他躺在弗朗西斯床上抽烟。

"他们是恋人,一直都是。你明白吗?"

"明白。"她小声地说。

"他们是彼此的一切。所以我们一直待在这里,因为弗朗西斯和玛格……"他不再说。

"可是舅妈比弗朗西斯年纪大得多,"梅勒妮说,"大很多吧。"

"你觉得这有关系吗?"

"我想没有。"片刻后,她说。

"你这么个乖女孩,是不是被吓到了?"

她想了一会儿。

"我从没碰到过这种事,"她说,"乱伦。我家族里没有。"

弗朗西斯和玛格丽特舅妈双双深锁在最原初的激情中,倒在地板上,靠近瓦斯炉,四周是空啤酒瓶,午餐的脏碗盘还在桌上,奶酪碎块,啃干净的鹅骨头,墙上是那座失灵的咕咕钟。

"那菲力普舅舅……"

"他戴了绿帽,"芬恩阴沉说道,"给他戴绿帽的就是他大舅子,他最不可能怀疑的人。"

"我把珍珠项链送给玛格丽特舅妈了。"梅勒妮说。

"你想把它要回来吗?"

"不。我爱她。"这是真话。她说着便感到这份爱涌现心中,温暖而体谅。而且她也爱弗朗西斯,这点是没法控制的。"珍珠是鱼的眼泪。"她加了一句无关紧要的话。

"你说什么?"

"鱼的眼泪。珍珠。想不到鱼也会哭吧。我突然记起这件事。"

"这是我们的秘密,"芬恩没埋会哭泣的鱼,说道,"现在你走进我们的内心深处了,知道我们跟其他人不同的原因,弗朗西斯、玛格和我。"他在地板上踩熄香烟。

早来的夜色降落在屋顶,对面房舍亮起灯,那些奇怪的房子里住着没有秘密的人。梅勒妮坐在芬恩床上,芬恩坐在弗朗西斯床上,这个秘密填满了两人之间和四周的空间。这是种古埃及风的古老存在。乱伦,在楼下磨损的毡毯上进行,在楼上安静的卧房里进行。

"我希望维多利亚不会醒过来。"梅勒妮说。

尽管暮色四合,她仍看得见壁炉里一根烧焦的棍子,是兄弟俩圣诞夜仪式的仅有残余。她不自觉地直盯着它看,仿佛它是她见过最有意义的东西,仿佛它可能会开口对她说过去、现在、未来和某个容纳他们所有人的堂皇大观念,而乱伦在其中也有可以解释的位置。但那只是一根烧焦的棍子。

大约五点半(冬天的下午茶时刻,是一年当中、一天当中最英国的时间),他们听到轰然砸响的第一声。

"哦,不,"芬恩说,香烟从他手中滑落,"不!"

又一声轰隆,然后是女人的尖叫,声音又高又清晰,直逼音调极限,而后消逝。接着是咆哮,声音之大连他们都听得清清楚楚。

"肮脏的家伙!烂泥!"

梅勒妮跃过两床间的空隙,躲进芬恩怀中,头埋在他外套里说:"救我,救我。"落下的香烟在床单上闷烧。

"我以为他会杀死我,"芬恩说,"他也是这样以为的,我们一直这样想,但我们错了。"

菲力普舅舅回到家,发现妻子躺在她弟弟的怀里。这就是时间河流的终点,这就是他们身披红衣进行的障碍赛马的最后一关。

"保护我。"梅勒妮说,紧抓芬恩的外套,仿佛溺水。

"好吧,"芬恩心不在焉地说,"别吓成这样,好吧。"

乒乓声继续着,尖叫声也是。

"他在砸碗盘。"芬恩讶异道,惊愕得变成了大理石,似乎动弹不得。

"救我。"梅勒妮说。

卧房门砰然撞开,玛格丽特舅妈披散着满脸红发冲进来,漂亮的绿洋装扯得露出半边肩膀,手里抱着哭嚎的维多利亚。房里一阵风暴,她带进来的狂风扫起了地板上的毡毯。

"快出去,"她说,"快。"她能说话了,大难解放了她的舌头。她的声音细薄但稳定。"趁来得及赶快出去。

我会保护小娃儿,不管发生什么事,她都会安全无恙。"

"弗朗西斯在哪里?"

"他没事。但我们必须留下来跟菲力普把事情了结了。"声音逐渐恢复,她也找回了力量,纤弱但持久的勇气就像吐出的丝。她在结婚那天变哑,在恢复自由这天找回声音。

"玛格,最亲爱的玛格——"

"好好照顾这女孩。现在快走。菲力普正把木头堆起来烧,他要在屋里放火。"

"吻我,"芬恩越过梅勒妮头顶对姐姐说,"天知道接下来会发生什么事。"

玛格丽特吻他的嘴。之后梅勒妮将永远记得这一吻,吻得如此隆重,仿佛并肩作战的两名将军在其中一人可能丧生的大战前夕向对方敬礼,之后她将会觉得看见他们两人被框在火焰中,不过她知道这是自己的想象。舅妈是火焰女神,双眼燃烧,发丝在全身上下闪动火星。她和芬恩慢慢分开,一手抚在梅勒妮头上片刻,然后跑出房间。于是梅勒妮来不及跟维多利亚说再见。楼下的吵闹愈来愈响,现在是砸家具。梅勒妮闻到烟味,但那是芬恩遗忘的香烟烧着了毛毯。芬恩取下壁炉架上的母亲照片,放进口袋。

"该走人了。"他说。

楼梯下,厨房旁的平台处,堆了一堆砸烂的椅子阻挡出路。菲力普·花把桌子拉出门来,加在这堆障碍物上。花朵图案的桌布仍在桌腿旁哀戚晃荡,随着他又推又拉,他们午餐的剩菜翻落在地。"把他们像老鼠一样困住烧死!"他吼道,带着神智失常的兴高采烈。他确实兴高采烈。屋里的人全都要被烧死,而他会兴高采烈地旁观。他双眼一片血红,仍穿着大衣,戴着熟悉的宽边帽。梅勒妮想,他太庞大,太邪恶了,不可能是真的,此时厨房传来噼啪声和烧木头的烟。

两人迟疑地站在楼梯上,白狗突然自餐厅飞奔而出,匆匆爬过障碍物,从他们身旁冲上楼梯,气喘吁吁,身体剧烈起伏。它嘴里是不是叼着一篮花?但它一眨眼就不见了,梅勒妮来不及看清。菲力普·花翻起桌子挡在椅堆后,他看见芬恩,愤恨狂叫起来,扑在那堆如今已有相当规模的障碍物上。他挣扎着要爬起来,胡乱喊着:"等我抓到你,芬恩·乔尔,你们全都有份,两个人轮流上她——"

"胡说八道。"芬恩说着拉起梅勒妮的手,两人匆匆跑回楼上。

"天窗。"芬恩脸色苍白但镇静,仿佛这一切很久以前就在某处排练过。"我们上屋顶。"

噼啪声此时已遍布四周,菲力普舅舅简直像要烤一整群猪。

"地下室放了那么多木材,这屋子没两下就会烧光,我们动作得快。"

他们跑过时,蓝胡子城堡中的一扇不怀好意的门打开了,弗朗西斯走出来,手拿一根铁条。

"祝你好运。"芬恩说。

"千万小心啊!"梅勒妮说。

"上帝保佑你们。"弗朗西斯说。他穿着衬衫,腋窝有两块深色湿渍。他下楼,他们上楼。

芬恩抬起梅勒妮,将她推出天窗,然后自己翻身爬上去,爬到吹着大风的高耸屋顶,看得见刚出现的星星和烟囱顶。他们休息片刻。

莎莉跳过星星，

莎莉跳过月亮，

莎莉跳过烟囱顶，

就在星期天下午。

咿——

梅勒妮很小的时候，父亲曾对她念过这首儿歌，念到"咿——"就一把将她拦腰抱起，往空中高举转圈。她和芬恩坐在众多烟囱顶之间，手牵着手。

梅勒妮想："现在我们一起度过这一切，就再也不可能跟别人一样了，只能跟自己，和彼此一样。我们现在只有彼此了。"

她脱口而出："我已经失去过所有的东西一次了。"

"我也是。"芬恩说。

"可是那时候我还有弟弟妹妹。乔纳森在哪里？"

"我不知道。如果你休息得差不多，梅勒妮，我们该继续走了。隔壁有个防火梯，我们很容易就可以从屋顶上走过去。"

隔壁是那间废弃的珠宝店。生锈的金属梯阶在他们脚下当啷作响。店面上方的房间是空的,但可能很快就会被火填满。几秒不到,他们已经站在荒废花园那及膝的野草中,园里满是铁罐、果酱瓶、从墙外丢进来的垃圾。

"我们得打电话叫消防队。999,火警,救护车,"芬恩说,"找警察。找人帮助我们。"

房子烧得像朵巨大的金色菊花。

"不过,"芬恩几乎是自言自语,"我想应该已经有人打999了。"

四周房舍都打开窗子,人们带着焦虑神情探出头来,惊慌吵成一团。已经是晚上了。房子喷着火焰。离他们几英尺的巷子里站着一个男人,悲哀地说道:"那里面不可能有人生还了。"

"你想他们是不是全烧死了?"梅勒妮对芬恩说。

"我想弗朗西斯、玛格和小娃儿都安全,而那只狗是只很有本事的老狗。"

"你不是想,只是希望。还有那只可怜的会说话的鸟……"

"可怜的裘伊,"芬恩说,"它是菲力普买的。"

他们看着火。

"我的外套,"芬恩闷声说,语调半笑半哭,"在这时候实在很讽刺,消防队员的制服。"

"我常纳闷你这件外套哪儿来的。"

"只是在二手货大甩卖时买的。"

"哦。"

一阵火焰猛蹿,屋里一层楼垮了下去。一切都烧毁了,所有东西都烧了,玩具、木偶、面具、椅子、桌子、地毯和朗德尔太太充满爱意的圣诞卡,灯罩在火焰中炸开,浴室的热水器熔化,塑料帘被火舔舐着化为乌有。爱德华熊也烧了,肚子里还塞着她的睡衣。

"我全部的画,"芬恩无力地说,"虽然画得不好。"

"还有爱德华熊。"她说。

"什么?"

"我的熊。没了。一切都没了。"

"什么都没了,只剩下我们。"

夜色中,花园里,他们面对彼此,只剩下无尽的猜想。

图书在版编目(CIP)数据

魔幻玩具铺 / (英) 安吉拉·卡特 (Angela Carter) 著; 严韵译. —南京: 南京大学出版社, 2019.9(2020.5 重印)
书名原文: The Magic Toyshop
ISBN 978-7-305-22306-8

Ⅰ.①魔… Ⅱ.①安…②严… Ⅲ.①长篇小说—英国—现代 Ⅳ.①I561.45

中国版本图书馆 CIP 数据核字(2019)第 108166 号

Angela Carter
THE MAGIC TOYSHOP
Copyright © The Estate of Angela Carter, 1967
Simplified Chinese Edition Copyright © 2019 by NJUP
本书中文简体字译稿版权由台湾行人出版社授权出版发行
Copyright © 2004 严韵
All rights reserved

江苏省版权局著作权合同登记　图字:10-2018-390号

出版发行	南京大学出版社
社　　址	南京市汉口路22号　　邮　编 210093
出 版 人	金鑫荣
书　　名	**魔幻玩具铺**
著　　者	[英] 安吉拉·卡特
译　　者	严　韵
责任编辑	章昕颖　陈蕴敏
照　　排	南京紫藤制版印务中心
印　　刷	南京爱德印刷有限公司
开　　本	787×1092　1/32　印张 10.25　字数 205 千
版　　次	2019 年 9 月第 1 版　2020 年 5 月第 2 次印刷
ISBN	978-7-305-22306-8
定　　价	58.00 元
网　　址	http://www.njupco.com
官方微博	http://weibo.com/njupco
官方微信	njupress
销售咨询	(025)83594756

* 版权所有,侵权必究
* 凡购买南大版图书,如有印装质量问题,请与所购
  图书销售部门联系调换